JN080593

転移先は薬師が少ない世界でした3

饕餮

Toutetsu

RB

レジーナ文庫

ソラ
ユキ
ロック
ロキ
狼の魔物である
グレイハウンドの親子。
狩りが得意。
シマ
レン
猫の魔物であるビッグキャットの
家族。寒いのは苦手。
リン（鈴《すず》原《はら》優《ゆ》衣《い》）
神様のうっかりミスで
異世界に転移した元OL。
チートな薬師として
大忙しな毎日を送っている。
スミレ
ダンジョンでリンと出会い、
従魔となったデスタラテクト。
実は過激派。
ラズ
リンの従魔である
ハウススライム。
手先がとても器用。

ミユキ
グレイ
ユーリア
タクミ
『アーミーズ』のメンバー。
医者と薬師の夫婦。
『フライハイト』のメンバー。
とても仲良しなカップル。
エアハルト
『フライハイト』のリーダー。
リンのことをいつも気にかけている。
ヨシキ
ドラゴン族の冒険者。
『アーミーズ』のリーダーで、
しっかり者。
登場人物紹介

目次

転移先は薬師が少ない世界でした3

第一章　出会いと特別ダンジョン

リンこと私――鈴原優衣《すずはらゆい》は、会社が倒産したことをきっかけに、ハローワークに通っていた。

そしてその帰り道、アントス様という神様のうっかりミスで、異世界――ゼーバルシュに落ちてしまった。

どうやら日本には戻れないらしい……ということで、私はアントス様からお詫びに授かったチートな調薬スキルを活かし、薬師としてポーション屋を営むことに。お店を開くまでには、いろいろなダンジョンに潜ったり、エンペラーハウススライムのラズと従魔《じゅうま》契約をしたりした。

開店してからは口コミのおかげで毎日大忙しだけど、旅の途中で出会った侯爵家子息で騎士のエアハルトさん、彼に忠誠を誓っている執事のアレクさんや、家の管理を任されている双子の姉妹のララさんとルルさん、ラズがお手伝いしてくれている。

それからしばらくして、ラズ以外の従魔《じゅうま》もたくさん増えた。

騎士団からの依頼で潜った上級ダンジョンで出会い、酷い傷を治したことで従魔《じゅうま》となってくれた、デスタラテクトという凶悪な蜘蛛――スミレ。

ある日、ガリガリに痩せ、あちこちに大怪我をした状態で庭に現れた、スミレの元仲《なか》魔《ま》だという魔物たち――グレイハウンドのロキ、ロック。ビッグキャットのレンとシマ、ソラとユキ。

すっごく賢くて優しくて、とても強い従魔《じゅうま》たち。

みんなも店の手伝いをしてくれるから助かっている。

他にも風邪が流行り始めたころ、第二王子でSランク冒険者であるグレイさんの紹介で、王宮医師のマルクさんに出会い、一緒に幼児用の風邪薬を開発したり。

エアハルトさんや『猛《たけ》き狼《おおかみ》』とカズマさん、『蒼《あお》き槍《やり》』といった冒険者のみなさん、後ろ盾になってくれたガウティーノ家とユルゲンス家が、私の誕生日パーティーを開いてくれたりもした。

それがとっても嬉しくて、すっごく感動したの！

その後、騎士を辞めて冒険者となったエアハルトさん、アレクさん、グレイさんとその婚約者であるユーリアさんを仲間に加え、『フライハイト』という名前のパーティーを結成した。

新たに私の居場所ができた瞬間だ。

そんなふうにバタバタと過ごしているうちに、季節は秋になってしまった。

ゼーバルシュに来てからもう半年なんて、あっという間だったなあ……

十一月初め、遠くに見える山々が雪化粧を始めたころ。

今日は店が休みの日だし、追加で薪《まき》にする倒木や枝を拾いに森へ行くことに。

ダンジョンに行くことも考えたんだけど、今のところ薬草も食材も足りているから、慌てて潜る必要がない。

〈リン。また、乾燥した枝や木を集めればいいのか？〉

慣れた様子で尋ねるロキ。

「うん。冬用の薪《まき》にするからね。もし【マジックボックス】に入らないようなら持ってきて。私の鞄の中に入れるから」

〈わかった〉

従魔《じゅうま》たちと一緒にいつも来る西の森。

ビッグホーンディアやブラウンボアア、ブラウンベアやビッグホーンラビットと戦いながら、従魔《じゅうま》たちとまたダンジョンに行きたいと話をしていると、遠くで大きな物音や魔物の声がした。

「……なんだろう？　誰か、戦ってるのかな」

〈我が様子を見に行こう。スミレ、ロックよ、一緒に来てくれ。リンはラズやレンたちと一緒に、ここで待っておれ〉

ロキが代表で様子を見に行ってくれるというので、素直に従う。

こういう偵察みたいなのは、いつもロキかレンかシマがやってくれるのだ。

そして敵を拘束するために、ラズかスミレが一緒に行くことが多い。

偵察先で間違えて攻撃されないかなあ……っていつも心配になるけど、首に従魔《じゅうま》用のリボンをしているからなのか、今のところ冒険者から襲われるということはない。

新しく従魔《じゅうま》になってくれたみんなの姿が、たくさんの冒険者たちに浸透してきた証拠だろう。

その場で待っているだけだと寒いから、近くにある倒木や枝を拾っては小さくしたり、ふかふかになっている腐葉土《ふようど》混じりの土を大きな麻袋に入れたりしながら、待つことしばし。

ロックだけが戻ってきて、怪我をしている人がいると報告してきたので、一緒にその場へ行くことに。

怪我をしていた人は男性で、頭には立派な角があり、腰とお尻の間からは尻尾《しっぽ》が生えていた。

角は、耳の上から頭に沿うようにして、上に向かって伸びている。

尻尾《しっぽ》には鱗《うろこ》がびっしりとついていて、とても綺麗だ。

「大丈夫ですか？　今、ポーションを出しますので、飲んでください」

「すまない。ありがとう」

かなり酷い怪我をしていたので、ハイパーポーションがいいだろうと予備で持っていたものを渡し、飲んでもらう。

ＭＰもなくなっていると困るので、ハイパーＭＰポーションも飲んでもらったら、男性はとても驚いた顔をして、怪我をしていた場所を確認していた。

「凄いな……いっぺんに治ってしまった。それに、ＭＰも満タンまで回復したよ。強力なポーションをありがとう。俺はドラゴン族のＡランク冒険者で、ヨシキという」

感動した面持ちで自己紹介するヨシキさん。

おお、ドラゴン族の人に初めて会った！

「私は魔神族のハーフで、薬師のリンといいます」

「リンか。本当に助かった」

一息ついたのか、ヨシキさんが立ち上がった。おおう、かなりデカいんだけど！

たぶんだけど、エアハルトさんやアレクさんよりも、頭ふたつ分以上は大きいんじゃないかな。

私と比べたら、これこそ、大人と子どもの身長差だよ！

そしてヨシキさんは、もはや今では懐かしいと感じる迷彩服に似たデザインの服を着ていた。

この世界にも迷彩模様ってあるんだなあ。それとも、渡り人——私のようになんらかの事情があって異世界からやってきた人々が伝えたのかな？

腕を組んでなにかを思い出すような仕草をしていたヨシキさんに、これから王都に戻ると伝えると、「案内してほしい」と言ってきたので頷く。

歩きながら話を聞いたところ、ヨシキさんはドラゴン族の国であるドラール国から来たんだって。

もうじき王都に着く……といったタイミングで、休憩しようと森に入ったら、ビッグベア三体に襲われたらしい。

同時に二体までなら倒した経験はあるけど、三体というのは初めてで、そのうえ疲れていたこともあって判断が鈍り、後れを取ってしまったそうだ。

なんとか二体を片づけ、残りの一体と必死になって戦ったものの疲れで動きは鈍る一方。

死ぬかもしれないと焦っているところにロキたちが現れて、最後のビッグベアを倒したそうだ。

ビッグベアよりも強いグレイハウンドが現れたので、今度こそ死を覚悟したら、首に巻かれている従魔《じゅうま》用のリボンが目に入り、安堵《あんど》したんだとか。

その後ロックが私を呼びに行っている間、ロキがヨシキさんの側に残り、周囲の警戒までしてくれていたんだと経緯を説明してくれた。

再びありがとうとお礼を言われたので、その分帰ったら従魔《じゅうま》たちをたくさん褒めて、撫で回すことにしよう。

「そうだったんですね。この子たちは私の従魔《じゅうま》なんです」

「薬師なのにこんなに従魔《じゅうま》がいるのか？」

「はい。ラズ――エンペラーハウススライム以外の子たちは、全員が酷い怪我をしていたんです。それを治したら、従魔《じゅうま》になりたいと言ってくれて……。ラズがいたとはいえ、私は一人だったので助かっていますし、大事な家族です」

「そうか……」

優しい目をして私の頭を撫でる、ヨシキさん。

その後、どうしてアイデクセ国に来たのか聞いてみた。

ヨシキさんが育ったドラール国は、この国よりもさらに西の海沿いにあるそうだ。

海沿いの国なだけあって、輸出入が盛んらしいんだけど、最近輸入されるようになった、アップルマンゴーやイチゴ、さくらんぼを見て、現物を採ってみたくなったんだって。

だから旅をして、この国まで来たそうだ。

王様〜、ドラゴンの国とも交易していたんだね。

今は知らない人を驚かせないよう人型になっているけど、本来はもっとドラゴンぽいらしい。

話しているうちに、王都の西門に辿り着いた。

宿を紹介してくれと頼まれたんだけど、私はいい宿を知らないからとヨシキさんを一日待たせて、エアハルトさんに連絡した。

エアハルトさんは元騎士で現冒険者だから、そういった情報をたくさん知っていると思ったのだ。

門のところで待っていると、すぐにエアハルトさんが来てくれた。

「お休みのところをすみません、エアハルトさん」

「構わない。彼が連絡をくれた冒険者か？」

突然のお願いだったのに、嫌な顔ひとつしないエアハルトさん。

「はい。宿を紹介してほしいそうです」

エアハルトさんとヨシキさんはお互いに名乗り、挨拶を交わしている。

その後、ヨシキさんが希望の宿の説明をしていた。

それを聞いたエアハルトさんは、「なるほど」と頷いて歩き始める。

宿屋街に向かう途中で店の前を通ったので、ここが私の店だと紹介する。

「ダンジョンに潜るときは是非！」と宣伝をすると、ヨシキさんは笑って「そのときは頼む」と言ってくれた。

私は二人と店の前で別れ、エアハルトさんとヨシキさんは宿屋街のほうへ、私は家の中へと入る。

「ロキ、スミレ、ロック。今日は偉かったね。そしてヨシキさんを一人にしないでいてくれてありがとう」

〈リンが怪我人を放っておくとは思えんしな〉

〈リン、タスケル、オモッタ〉

〈リンママなら、必ずポーションを持っているし〉

大活躍だった三匹にお礼を言うと、少し照れ臭そうに嬉しいことを言ってくれた。

「そうだね。だから、ありがとう」

お礼と感謝をこめ、三匹を撫で回す。

他の従魔《じゅうま》たちが羨ましそうに見ていたから、一緒に出かけてくれてありがとうと同じことをした。

結局もふもふツルスベまみれになったのは、言うまでもありません！


翌日。開店早々にエアハルトさんの元同僚であるビルさんと、以前マルクさんの護衛をしていた騎士――ローマンさんが顔を出した。

「今日はどうされました？」

「実は、ポーションが溜まってきてしまってね……」

少し困った顔をしてビルさんが切り出したので、紅茶とクッキー、ゼリーを二人に出し、詳しい話を聞くことに。

二人によると、冬の間は冒険者だけでなく騎士も、ダンジョンに潜る人数や回数が減るらしい。

だから、必要なポーションの数もいつもに比べて少なくなるんだけど、冒険者の数が減ったことで余裕ができた他店舗から騎士団への納品数が増えた結果、在庫を抱えてしまっているそうだ。

そういった事情で、騎士たちで手分けして各地区にいる薬師たちに「納品数を抑えてほしい」と通達しているんだって。なるほど、納得した。

あともう一点、ハイ系ポーションを作れるようになった薬師たちがいるから、今度から彼らに納品を頼もうと思っていると伝えられた。

ただ、ハイパー系と万能薬に関しては今のところ私しか作れないようで、私にはそれらの納品を引き続きお願いしたいと言われた。

他の人も頑張って挑戦しているみたいなんだけど、ハイパー系は魔力が足りなくて断念している人が多いんだって。

ビルさんによると、王都にいる薬師が一日に作ることができる普通のポーションの本数は、約百本程度だそうだ。

私の場合は、平気でその三倍以上は作れるからね……

本当に私の魔力ってチートなんだなあって、改めて実感したよ。

万能薬も失敗続きでまったく成功しないいんだとか。

あと一歩で完成しそうなのに、失敗の原因がなにかわからないって悩んでるらしいんだけど……

実は、万能薬はハイパー系よりも作るのが簡単と思われているけど、それなりに魔力が必要でとても繊細な薬だって教えたほうがいいんだろうか。

魔力が足りていたとしても、種類がひとつ違うだけでも失敗する。

それに万能薬は全部で十五種類の薬草やキノコを使うんだけど、どれも種類の判別や扱いが難しい。

特に魔力草は液体の抽出が至難の業《わざ》で、最初にすり潰す段階で失敗すると、その時点でダメになる確率が高いのだ。

まあ、私がわざわざ言わなくても薬師であれば知っている情報だと思うけどね。

ちなみにローマンさんが一緒に来たのは、エアハルトさんの代わりにこの地区の担当になったから、挨拶をするためだったんだって。

紅茶とクッキー、ゼリーを食べきった二人は、一ヶ月後の次回の納品のころにまた連絡するからと言って帰っていった。

「まあ、ポーションの納品を控えるのは妥当だよね。さて、もうひと踏ん張りしますか」

あと少しでお昼休みになるからと、従魔《じゅうま》たちと他愛もない話をしながら、時間が過ぎるのを待つ。

お昼休みには従魔《じゅうま》たちと一緒に庭のお手入れをして、ご飯を食べた。

午後は『蒼《あお》き槍《やり》』のメンバーが来たので採取依頼をお願いしてみたんだけど……快く引き受けてくれました！

その後、最近Aランクに上がった冒険者が、改めてよろしくと挨拶代わりにポーションを買いに来てくれた。

「Bランク以下には売らないって言われて、最初は恨んだけど、リンちゃんからしたら仕方ないことなんだよな」

「まだ神酒《ソーマ》は買えないけど、金を貯めていつか買いに来るから」

嬉しそうな顔をして話している冒険者たち。

「また来てくださるのを待っていますね」

いろいろあったけれど、それでも買いに来てくれたことが嬉しい。

それに、Aランクに上がるほどの技量と性根があるなら、そのうちSランクにもなれるんじゃないかと思った。

この一週間後、『猛《たけ》き狼《おおかみ》』とカズマさん、『蒼《あお》き槍《やり》』が、SSランクになった。

まさか、Ｓランクよりも上のランクがあるとは思わなかったよ……

〈彼らの技量は凄いもん〉

〈アンテイ、シテ、イタ〉

「そっか。ラズとスミレから見ても、凄いんだね」

私も、Ｓランクは無理でも、せめてＡランクにはなりたいと従魔《じゅうま》たちと話しながら、みんなに囲まれて眠った。すっごく暖かかったです。


どんどん寒くなってきた、十二月下旬。

日中でも暖炉や薪《まき》ストーブを焚かないと、震えるくらいに寒い。

どうやら、北の山の麓《ふもと》にある町で雪が降ったんだとか……どうりで寒いわけだ～！

大陸の中央にある高い山脈の関係で、この国に雪が降るのは半月後。

雪が降るとダンジョンに行くのも難しくなるというので、それまでに『フライハイト』のメンバーで特別ダンジョンに潜ろうという話に。

今度の長期のお休みは来週だから、それまでに潜る準備をしておかないと。

といっても、ほとんどいつもと変わらないんだけどね。

次の日の夕方、店じまいをしたあとにエアハルトさんが、特別ダンジョンに潜るための話し合いをするからと呼びに来た。ご飯も一緒に出してくれるそうだ。

おお、ハンスさんのご飯！　今日はなにかな？　楽しみ！

ハンスさんはエアハルトさんちの料理人で、私が教えたレシピをアレンジしていろいろな料理を作ってくれるのだ。

「で、来週は特別ダンジョンに潜るわけだが、みんなはなにが欲しいんだ？」

エアハルトさんの質問に、それぞれが欲しいものをあげていく。

エアハルトさんはヒヒイロカネ、グレイさんはイビルバイパーの皮。

ユーリアさんはどんなものか気になるとのことで豆腐を、アレクさんはイビルバイパーの皮に加えて、デスタラテクトの糸が欲しいと言っている。

みんなも、いろいろと欲しいものがあるんだなあ。

もちろん私は豆腐と油揚げ、厚揚げと、イビルバイパーの内臓狙いです。あと、醤油と味噌も。

そんな中、アレクさんの言葉にスミレが反応して、自分の糸をあげると言い出した。珍しい。

「よろしいのですか？　報酬は？」

〈ニワニ、イル、ムシデ、イイ〉

「おお、それは助かります。ですが、それだと僕がもらいすぎですね。他にもアップルマンゴーをご用意いたしましょう。では……糸はこれくらいの大きさを五個でどうでしょう？」

手で直径十五センチくらいの丸を作りながら言うアレクさん。

〈イイヨ〉

スミレは、サイズも報酬もそれなら大丈夫だと頷いていた。

アップルマンゴーはスミレの好物だからね～。

まさに「超いい笑顔！」になっている。

他にも、イビルバイパーの鱗《うろこ》を防具のうしろに貼るとか、武器を強化するのにゴーレムが落とす金属が必要とか、みんなは私にはさっぱりわからない話をしている。

「あの、金属って、鉱山で掘るんじゃないんですか？」

魔物の勉強をしたときにも思ったけど、ゴーレムが金属を落とすってなにさ。

「もちろん鉱山でも掘るが、ダンジョンに出るゴーレム系の魔物は、なぜか金属と魔石をドロップするんだ。今回狙うのは青い色か、赤と金が混じったような色のゴーレムだ。さあ、リン、問題だ。今俺が言った色のゴーレムは、なにを落とす？」

親切に教えてくれたかと思いきや、突然問題を出してくるエアハルトさん。

「えっと……たしか、青いゴーレムがメテオライトを落として、赤と金が混じったゴーレムがヒヒイロカネを落とすんでしたっけ？」

「正解」

おー、合ってた！　やったね！

ゴーレムは、その体色によって落とす金属の種類が変わる。

他には銀がミスリル、虹色がオリハルコンだったかな？

ちなみに、ゴーレムの弱点は打撃と【風魔法】。

なので、【風魔法】が使えない人はハンマーを持っていくんだとか。

もちろん私は【風魔法】で攻撃です。

他にも特別ダンジョンではオーガとレッドウルフ、レインボーロック鳥とビッグシープっていう魔物が出るそうだ。

オーガとレッドウルフは皮や毛皮が防具やコートの素材になるし、レインボーロック鳥やビッグシープは羽や毛が布団やクッションの中身、裁縫の素材になるだけでなく、お肉まで落とすんだとか。

言うなれば、特別ダンジョンは素材と食材の宝庫。

だからこそ特別ダンジョンと名付けられたという。

よし、素材は最小限にして、私は薬草と食材を採りまくろう！

エアハルトさんたちや他の冒険者によると、特別ダンジョンにはいろんな種類の薬草があるというし、もしかしたら今まで見たことがない薬草や果物があるかもしれない。

特別ダンジョンに潜るための準備はみんながしてくれるという。その分、ポーションに関しては任せてもらった。もちろんハイパー系と万能薬、念のため神酒《ソーマ》を持っていくよ。

あとはダンジョンに潜る前に一度、凄腕《すごうで》の鍛冶《かじ》職人であるゴルドさんの店に寄らないとなあ。

自分でできる簡単な手入れはしていたし、ちょっと前にもメンテナンスしてもらっていたけど、採取用のナイフの切れ味がおかしいのだ。

大鎌のレベルも教えてもらいたいしね！


翌日、お昼休みにゴルドさんのところに行った。

ナイフを見せたらもう寿命だと言われてしまったので、買い替えることに。

ついでにラズの分も一緒に買い替え、大鎌のレベルも教えてもらう。

レベルなどの詳しいことは鍛冶《かじ》師用の【鑑定】だからわかることであって、【アナライズ】だとそういう情報は出ないんだよね。

ゴルドさんによると、あと一回、森にいるベアかボア、ディアを倒せば希少《レア》になるそうなので、今度のお休みのときに狩りをしてこようと思う。

ちなみに、私の大鎌みたいに成長する武器は、ゴルドさんのような鍛冶師《かじ》にレベルを聞いて、成長させていくのが普通だそうだ。

ナイフ二本分のお金とメンテナンス代を払い、ゴルドさんの店を出る。

そして次の休みの日に『フライハイト』のメンバーで森に行き、倒木を【風魔法】で薪《まき》にしたり、枯れ枝を拾いつつ戦闘訓練をして、大鎌のレベルを上げた。

【ヴォーパル・サイズ】希少《レア》
高名な薬師が草刈りに使っていたという大鎌
希少《レア》ではあるが、成長するといわれている
成長すると伝説《レジェンド》までになる少し変わった仕様
薬師が装備した場合に限り、ボーナスあり
薬師が装備した場合：攻撃力＋４００　防御力＋４００

進化したところ……こんな感じになりました！

成長したからなのか、特典ボーナスが増えているよ……。嬉しいからいいか。

そして、またしばらく戦闘をしていたら、このあたりでは見かけたことがない、真っ黒いベア種の魔物が出た。

「なっ、ブラックベアのネームドだと⁉　構えろ！」

エアハルトさんが焦った様子で指示を出す。

「「おう！」」

「ええ！」

「え？　あ、はい！」

私がネームドってなんだっけ？　と思い出している間に、ブラックベアが雄たけびを上げてうしろ足で立つ。立った姿は、三メートル近い高さがある。これはデカい！

「グルァァァアッ！」

〈〈ガオーーーン！〉〉

ブラックベアと、ロキとロックの【咆哮《ほうこう》】がぶつかり合う。勝ったのはロキたちだった。

ブラックベアの動きが止まったその隙を見逃さず、すかさずラズとスミレが拘束。

【咆哮《ほうこう》】の硬直から逃れたブラックベアはもがいて逃げ出そうとするが、もちろん、私たちが取り逃がすはずもなく……

ロックが放った【土魔法】で穴を掘り、そこに落として再びブラックベアの動きを封じた。

すぐにレンとシマ、ソラとユキ、そして私たちの魔法がそこに着弾する。

ドーーーン!!

爆発と共に炎上したので、【風魔法】を使って煙を掃《はら》う。

すると、ブラックベアの片腕が取れているのが見えた。

それ以上の手負いになる前にと大鎌を振るうと、首が綺麗に落ちた。

「……ふう。従魔《じゅうま》たちがいたおかげで、なんとかなったな」

「そうだね」

「ですが、どうしてネームドが……」

無事に倒すことができてやっと話す余裕が出てきたんだけど……

「あの、ネームドってなんでしたっけ？」

「個々の名前が与えられるほど強い魔物の総称だ。このブラックベアの場合は、オルソという名前だな」

私がずっと抱いていた疑問にエアハルトさんが答えてくれる。

そういえば、外には名前がつけられた凶暴な魔物が存在すると聞いた気がする。

そのことなんだとやっと理解できた。

ただ、森の深い場所とはいえ、どうしてこんなところにネームドがいたのかわからない。

なにかあったのかもしれないからと解体せず、念のために冒険者ギルドに持っていくことになった。

「せっかくの肝臓と心臓が……」

「ははっ！　リンはぶれないね。解体しても問題ないってわかったら、ちゃんと交渉して、もらってくるから」

せっかくのブラックベアなのにと悲しんでいると、グレイさんが声をかけてくれた。

「わ～！　ありがとうございます、グレイさん！」

できればお肉も食べてみたいと言うユーリアさんに全員で頷き、冒険者ギルドへ向かう。

その日の夜。お目当ての肝臓と心臓をもらい、みんなで熊肉のステーキとスープを食べているときに聞いたんだけど、どうやらあのブラックベアは隣国から来たらしく、冒険者ギルドが注意喚起の通達を出すところだったそうだ。

その前に私たちが遭遇して倒してしまったから、ギルマスに「よくやった！」と褒められ、討伐の報奨金をたくさんもらった。

解体した中でいらない素材を売ったお金に加えて、それも山分けしてくれたので、お財布がパンパンになった、とだけ言っておく。


そんなトラブルがあった数日後。

今日から五日間、特別ダンジョンに潜る予定だ。

特別ダンジョンは広さとしては初級ダンジョンと中級ダンジョンの間くらいだけど、出てくる魔物が上級の上層か中層に出るようなものばかりなので、ゆっくりめのペースで移動するんだそうだ。

セーフティーエリアは各階層にふたつずつあって、第二階層に限り、行きは下りる階段に近いほう、帰りは上る階段に近いほうに泊まるんだって。

特別ダンジョンまでは、スレイプニルを使った馬車で一時間くらいらしい。

結構遠いんだなあ。今までで一番遠いかもしれない。

御者はアレクさん。エアハルトさんの馬であるスヴァルトルの頭の上にスミレが、グレイさんの馬であるセランデルの頭の上にはラズがのって警戒している。

レンたち一家とロキたち一家は、並走したり馬車のうしろを走ったりしていた。

とても強い従魔《じゅうま》たちがいるおかげか、森や草原に生息している魔物は私たちの馬車に一切寄ってこない。

スライムやホーンラビットに至っては、馬車を見ただけで、逃げ出していた。

時間があるので、エアハルトさんにもう一度、特別ダンジョンではどんな魔物が出るのか教えてもらい、しっかり頭に叩き込む。

常に戦っている人のほうが経験が豊富だし、より良い戦い方や弱点を知っているからだ。確認の意味でも、しっかり聞いておく。

そんなことをしている間にダンジョンに着いた。

預かり所でスレイプニルたちと馬車を預かってもらい、ダンジョン手前にある建物でレベルなどのチェックを済ます。

そして肝心の特別ダンジョンだけど、入口はどこも一緒なのかな？

この特別ダンジョンの入口も、石でできたアーチ型だった。

まずは第一階層。

ここは草原がほとんどを占めていて、一部に岩山がある。ビーンという絹さやのような形をしている手足がついた植物の魔物とレインボーロック鳥、ビッグシープとビッグスライムが出るんだそうだ。スライムって本当にどこにでもいるんだね。スライムゼリーが安いのも納得だ。

そしてビーンは、ユーリアさんが欲しいと言っていた豆腐をドロップするらしい。

「あれ？　ビーンっていう魔物は、醤油や味噌を落とすんじゃないんですか？」

前にそんなことを聞いた気がする。

不思議に思ったのでエアハルトさんに尋ねてみる。

「ショーユやミソも落とすが、どうも体色によって落とす物が違うらしくてな。未だにはっきりとわかっていないらしい」

「なるほど。ちなみに、醤油と味噌は何色ですか？」

「ショーユが赤、ミソが茶色だよ。あと、未確定だがトーフは白、アブラアゲが黄色、アツアゲが黄色と白のまだらだという情報がある」

「そうなんですね！」

「あとはレアなものとして緑がいるんだが……逃げ足が速くてまだ誰も討伐に成功していないから、なにを落とすのかわかっていない」

ほ〜、緑もいるのか。緑って、まさか枝豆かグリーンピースじゃないよね？

どっちでもいいから、出会えないかな。なんか、豆ご飯が食べたくなってきた！

「じゃあ、採取するか。リン、頼む」

「はい。みんなもお手伝いをお願いね」

〈〈〈〈〈〈〈〈わかった！〉〉〉〉〉〉〉〉

今のところ周囲には敵がいないので、まずは採取。スキルを発動させて、周囲を見渡す。

「おお？　なんか、いろいろな薬草がありますね」

中級ダンジョンにもあった薬草が見つかったので、それをメンバーのみんなに教える。

「本当か⁉」

「ラズ、一緒にお願い。ロキたちもお手伝いしてほしいけど、警戒もしてね」

〈うん〉

〈〈〈〈〈〈〈わかった〉〉〉〉〉〉〉

私も一緒に採取しながら、特別ダンジョンにしかない薬草やキノコを探したんだけど、こんなところで松茸っぽいキノコを発見したよ！

名前はマッツタケ。そんなにたくさんは生えてなかったんだけど、移動しながら探したからなのか、最終的に結構な数が採れた。

みんなに食い気味にお願いされたので、晩ご飯にはマッツタケを使ったものを作ることに。

マッツタケを採取していると、突然ロキが声をあげた。

〈リン、ビーンがいる。緑だ〉

「え、ほんと⁉　倒せる？」

〈やる〉

〈マカ、セテ〉

ロキの警告を聞いてラズとスミレがささっと動き、触手と糸で緑ビーンを捕まえる。

捕まったことに気づいた緑ビーンだけど、ラズの触手とスミレの蜘蛛糸からは逃げられない。

その状態でエアハルトさんが剣で斬ると、アイテムをドロップして姿を消した。

落ちたのは魔石と、緑色のさやがたくさんついた植物。

「なんだ、これは？　初めて見るが……」

エアハルトさんは不思議そうな顔をしているけど……

「もしかして……枝豆⁉」

見たことがあるその姿に、慌てて【アナライズ】を発動する。


【枝豆】

　さやに入っている、食用の豆
　塩茹でることで食べられるようになる
　エールやワイン、ビールのお供に相応しい一品

　おおう、まんま枝豆でした！　そしてさらっと書かれているけれどビールがあることに驚いた！

「エダマメってなんだ？　それにビール？　どんなものだ？」

　エアハルトさんが興味津々な様子で質問してくる。

「枝豆は説明の通り、食材です。塩茹でしてそのまま食べてもいいいし、豆ご飯にしてもいいし、スープに入れてもいいし。ビールは発泡したお酒ですね」

「ビールってやつは酒なのか……」

「この場にあったとしても、ダンジョンでは飲めないね」

「残念でございますね」

「本当に……」

　私以外のみんなが残念がっている。

「ビールか……。たしか、ドラール国で造っていると聞いたような……」

グレイさんがなにか思い出したのか、口を開いた。

「ほんとか⁉　グレイ！」

お酒好きなエアハルトさんが嬉しそうな声をあげた。

「ああ。違っていると困るから、帰ったら父上か宰相に聞いて確認してみるよ」

グレイさん曰く、ビールはここ百年くらいの間にできた新しいお酒らしい。

ここ百年ってことは……まさかと思うんだけど、転生者がレシピを伝えたりしてないよね？

……まさか、ね。

もしかしたら渡り人の可能性もあるけど、ここ百年なら転生者のほうが可能性が高い気がする。

最後に召喚があったのが二千年前だから、レシピを伝えたのが渡り人だとするともっと前から広まっていてもおかしくないもんね。

もし本当に転生者がいるのなら、その人に会って話してみたいなあ。

〈リン？〉

「あ、ごめんね。大丈夫だよ」

ラズから心配そうに声をかけられて、意識を戻す。

今はダンジョンだから、きちんと集中しないと。

考えるのは家に帰ってからでもできることだから。

なにより、メンバーや従魔《じゅうま》たちに心配をかけたくないし、もし私がぼんやりしていたせいでみんなが怪我してしまったら、薬師として自分のことが許せない。

一旦それは置いといて。

緑ビーン一体につき五株もの枝豆を落としたので、しっかりパーティー用の麻袋に入れる。

「よし。次に見かけたら、すぐに倒していいからな」

〈うん！〉

〈ヤル〉

〈〈〈〈〈〈〈任せろ！〉〉〉〉〉〉〉

エアハルトさんの指示を受けて従魔《じゅうま》たちは殺《ヤ》る気いっぱいだ。

今度は赤と茶色のビーンが三体ずつ出てきたので、みんなで戦闘する。

落としたのは事前情報通り、醤油と味噌、そして魔石だ。

「ミソとショーユの依頼数はあといくつだ？」

「二十ずつですわ」

「先が思いやられますが、ここは結構赤と茶が出ますから、すぐに依頼達成となるのではないでしょうか」

「そうだね」

ドロップ品を拾いながら、そんな話をするみんな。

この戦闘を皮切りに赤と茶、それに交じって白と黄色、まだらのビーンが出る。次々に倒してはドロップと魔石を拾う。そして何回か戦闘するうちに、白は豆腐、黄色は油揚げ、まだらは厚揚げをドロップすることが確定した。

こういう情報を持ち帰ることも、冒険者の仕事のひとつなんだって。

そして、薬草やキノコに交じって、さつまいもと山芋が見つかった。見つけたのはソラとユキだ。

「お～、さつまいもは焼き芋にしよう。山芋はお好み焼きかな」

〈焼き芋ってにゃんだにゃ？〉

ソラが目をキラキラ輝かせて聞いてくる。

「そのままだよ。この赤い芋を焼いて食べるの」

〈美味しいにゃ？〉

「甘くて美味しいよ！　あとで作ってあげるね」

《《やったにゃー！》》

甘い物が好きな二匹はとても喜んでいる。

山芋に関してはダンジョン内で作るつもりはないけど、お好み焼きやスープに入れてもいいし、短冊切りにして揚げても美味しいと思う。

うーん……海苔があればなあ。そうすれば、磯辺揚げができるのに……残念。

採れるだけ採って、リュックに入れる。

そんなこんなで採取したり戦闘をしたりしてセーフティーエリアを目指して歩いていると、体高二メートルもある大きな羊の魔物、ビッグシープと戦闘をしている冒険者がいた。

戦闘が終わり、ドロップを拾う五人の冒険者。

顔を上げたうちの二人は、私もよく見知った顔だった。

「あれは……フォレクマーさんとミケランダさん？」

「「あ」」

私の呟きが聞こえたのだろう……顔をこちらに向けて驚いた顔をしたのは、本当に冒険者ギルドのマスターのフォレクマーさんと、サブマスターのミケランダさんだった。

さすが、獣人族、耳がいいね！

「お久しぶりです。どうしてここにいらっしゃるんですか？」

「簡単に言うと、ギルマスとサブマスをクビになって、冒険者に戻ったんだ」

苦笑いをしながら言うフォレクマーさん。

「はい？」

エアハルトさんたちメンバーは知っていたみたいだけど、私は初耳だったので驚く。

まあ、私は基本的に冒険者ギルドに行かないんだから、知らないのは当然か。

フォレクマーさん曰く、二人していろいろとミスした結果、私の店の件が決定打になってギルドを統括《とうかつ》している国からお叱りを受けたそうだ。

そのときにギルドマスターを辞めて他の仕事をするか、冒険者に戻るか選択を迫られたという。

なので冒険者に戻ることを選択し、以前仲間だったメンバーとパーティーを再結成して、ダンジョンの攻略をしているらしい。

「そうなんですね」

「ずいぶんあっさりしているが、それだけなのか？」

「たしかに当時は怒っていましたけど、それはやらかした冒険者に対し、きちんと対処しなかった冒険者ギルドにであって、フォレクマーさんやミケランダさん個人にではないです」

「「え……」」

「え、って……。まさか、お二人に対して怒っていると思ってたんですか？」

そう聞くと、気まずそうな顔をしながらも二人は頷いた。

だから、店にもポーションを買いに行けなかったらしい。

「まあ、まったく怒っていないというのは嘘になりますけど、今さら怒るようなことはしませんよ。それでも気にするなら、今度、お店にポーションを買いに来てください。あと、ビッグシープの狩り方を教えてください。それで相殺《そうさい》にしますから」

「そんなことでいいのか？」

「いいですよ〜。別に、安く売るわけじゃありませんし」

「そうか……。すまなかった、リン」

「すみません、リン」

フォレクマーさんとミケランダさんが改めて謝罪してくれたのでそれを受け入れ、ビッグシープの攻略方法を教わった。

なんというか、フォレクマーさんたちは根っからの冒険者なんだと感じたよ。

だから冒険者としての腕や個人での指導はとても優れているけど、全体を纏《まと》める指導力というのかな……それが足りなかったんじゃないかって思う。

だって、戦闘をしているときの二人はとても生き生きしていたし、攻略方法もとても丁寧にわかりやすく教えてくれたもの。

蟠《わだかま》りがまったくないわけじゃないけど、もう終わったこと。謝罪を受けたのにいつまでも引《ひ》き摺《ず》っているのは違うと思うし、私の性分《しょうぶん》じゃない。

「じゃあ、戻ったら買いに行かせてもらうよ」

「それまでに稼ぐわね」

「はい！　楽しみに待っていますね」

フォレクマーさんたちと握手を交わし、別れた。

そして、待っていてくれたみんなのところに戻る。

なんか、呆れているような……。なんで？

「リン、もっと怒ってもよかったんだぞ？　それだけのことをされたんだから」

腕を組みながら言うエアハルトさん。

「もう終わったことじゃないですか。いつまでも引《ひ》き摺《ず》っているのは違いますよ」

「リンはいい子ですわね」

ユーリアさんは私を見て微笑んでいる。

「お店に来てほしいという打算も欲望もあります。なので、全然いい子じゃないです」

そんな話をしてから採取と討伐に戻る。

この階層でまだ狩っていないのが、ビッグシープとビッグスライムだけだ。

早く出会わないかな……なんて考えていたら、ビッグスライム、レインボーロック鳥、いろんな色のビーンが出てきた。

それらの魔物を難なく倒し、再びセーフティーエリアを目指していると、ビッグシープに出くわした。その数、三体。

「ビッグシープだな。みんな、頼むぞ」

「「「了解」」」

〈〈〈〈〈〈〈任せて！〉〉〉〉〉〉〉

ビッグシープは体高があるから倒すのは容易ではないけど、攻略法がきちんとある。

脚を攻撃し、頭が下がったところで首を攻撃するか、【土魔法】で穴を掘って落とし、目や首を攻撃するのだ。

ビッグシープの体は分厚い体毛に覆われていて剣や槍が弾かれてしまうので、目や首など弱い部分を重点的に攻撃するとフォレクマーさんたちが教えてくれた。

なので、私たちも同じ方法で戦闘開始。

ロキが【咆哮《ほうこう》】で足止めし、ロックが【土魔法】で足元に穴を掘り、穴に落ちたところを見計って首を攻撃する。それでも動くようなら、ラズとスミレが拘束。

私は一番左のビッグシープを大鎌で斬りつけた。

一回では首を斬り落とせなかったので、私のあとに続いてレンとシマが攻撃。

それでも倒れないので今度はソラとユキが攻撃し、そこで光の粒子となった。

みんなのほうを見ると、穴に落ちたビッグシープの首を攻撃し、戦闘が終了していた。

今回のドロップはみんな同じで、魔石と、大量の羊毛と毛糸だ。

お～、毛糸もあるのか、この世界は。絨毯《じゅうたん》があるんだから、毛糸があるのも納得だけどね。

「……よし。もうじきセーフティーエリアだ。ドロップを拾ったら移動する。気を引き締めろ」

エアハルトさんの言葉に、みんなで頷く。

羊毛は商人と冒険者両方のギルドから依頼が出ているので、別々の麻袋に入れる。

そして、再びビッグシープが現れ、それを難なく倒したその直後……

ちょうど経験値が溜まったようで、ラズ以外の従魔《じゅうま》たちがその場で次々に進化した。

私は素直に嬉しくて、「これなら間違って従魔《じゅうま》たちを攻撃されなくて済む」と、胸を撫で下ろしたのだけど……ロキの進化先には私を含めたみんなが驚いた。

まず、スミレはデスタイラントに進化して、体が一回り小さくなった。体色は変わらないけど、目が赤くなった。

ロックはヘルハウンドという種族になり、体色や体格はそのままだけど、幼さが消えて精悍《せいかん》な顔つきになった。

レンとシマ、ソラとユキは、サーバルキャットになった。体色は全員そのままで、体格はより細くしなやかに、一回り大きくなった。

そしてロキは天狼《てんろう》という、珍しい種族になった。体色はチャコールグレーから明るめのグレーになり、一回り大きくなり脚も太く大きくなった。

天狼《てんろう》は魔物図鑑にのっていない種族。

過去に目撃されたのは十万年前で、昔の文献に記載されているだけだそうだ。

それほどに珍しい種族らしい。

それぞれがSランクの魔物なんだけど……

立派になったねぇ、みんな！　主人として誇らしいし、とても嬉しい！

ラズはみんなを見て羨ましそうにしながら、〈エンペラーだから、これ以上は進化しないよ〉と言っていた。

「今のままでいいんだよ」という気持ちをこめてラズを撫で、セーフティーエリアに入る。

さて、今日のお昼の担当はアレクさん。なにが出るのかな？

「リン、コメの炊き方をもう一度教えてくださいますか？　どうにも焦げてしまって、うまくいかないのです」

申し訳なさげな表情をして言うアレクさん。

「いいですよ。焦げるってことは、火加減が強すぎるんだと思うんです」

今までもアレクさんを含めたみんなにご飯の炊き方を教えているんだけど、やっぱり火加減で引っかかるみたい。アレクさんの言葉を小耳に挟んだ全員が集まってきて、私の話を聞いている。

もう一度つきっきりで火加減を教えると、今度は焦がさずにご飯が炊けたと喜んでいた。

スープはダンジョンで採れたホーレン草と持ってきた卵で、あっさり塩味。

おかずはさっきドロップした、レインボーロック鳥の串焼き。

「おお、レインボーロック鳥のお肉って、柔らかいのに弾力があって、味も濃くって、とても美味しいです！」

「でしょう？　滅多にドロップしませんから、貴重ですよ」

そう言ってアレクさんも串焼きを頬張っていた。

なんと、レアドロップでしたか！

だから商会や中央にあったお肉屋さんでも見かけたことがないのかと納得した。

ドロップしても、大抵はその場で食べてしまうことが多いから、出回ることはあまりないんだって。出回ってもワイバーンのお肉かそれ以上に高いし、その美味しさからすぐに売り切れてしまうんだとか。凄いなあ。

休憩が終わったのでセーフティーエリアから出て、すぐ近くにある第二階層に下りる階段を目指した。今日はその近くで一泊します！

晩ご飯は松茸ご飯ならぬ、マッツタケご飯とお吸い物。

おかずはシンプルにマッツタケを網で焼いたもの、ブリに似た魚の照り焼き。そしてホーレン草の白和《しらあ》えと少しだけ甘い玉子焼き、キャベツときゅうりを塩もみしただけの浅漬け。

ソラがリクエストしてくれた焼き芋は、デザートの代わりだ。

マッツタケご飯はおかわり推奨《すいしょう》なので、おかずはこれ以上出さないことにした。

「「「「……」」」」

〈〈〈〈〈〈〈〈〈……〉〉〉〉〉〉〉〉〉

食べ始めたら、全員無言で貪《むさぼ》るように食べている。もちろん「超いい笑顔」だ。

これなら大丈夫かと私も食べ始めた。

……うん、日本にいたときは滅多に食べられなかったけど、美味しい。味も香りも抜群です！

みんなしてご飯とお吸い物をおかわりし、たくさん食べた。とっても美味しゅうございました。

焼き芋もほくほくしっとりで、とても甘かった。ソラも気に入ったみたいで、嬉しそうに尻尾《しっぽ》を揺らしている。

今日の野営の見張りは、私が最後の順番。

従魔《じゅうま》たちがいるとはいえ私一人で大丈夫かな……と不安になったのだけど、結局は何事もなく野営を終え、片づけをして出発です。

昨日同様に第一階層の採取と戦闘をこなしつつ、第二階層へ下りる階段へ向かう。

醤油と味噌は早々に依頼分の採取を達成しているし、羊毛もあと少しで依頼完遂となったところで階段を見つけた。

階段を下りると、そこは鬱蒼《うっそう》と茂った森になっていた。

「イビルバイパーはこの階層からだ。地上だけじゃなく、木々の上からも突然襲ってくるから、警戒だけは怠るな」

「「「了解」」」

〈エアハルト、右からなにか来るにゃ〉

〈左からも来るにゃ〉

レンとシマがさっそく警告してくる。

「ちっ、挟み撃ちかよ！　リンは従魔《じゅうま》たちから離れるなよ！」

それを聞いたエアハルトさんが指示を出してくれるので、従う。

エアハルトさんとアレクさん、ロックとレンが右を、グレイさんとユーリアさん、ロキとシマが左を向いて迎撃態勢を整える。

ソラとユキ、二匹の頭の上にラズとスミレがのって私を護衛し、私はどちらにも魔法とハイパー系や万能薬をかけられるよう、二組の真ん中に陣取る。

すぐに木々がざわざわと揺れ、十メートルはあろうかという大きなヘビ——イビルバイパーが左右両方から一体ずつ現れ、私たちを襲ってきた。

それを見て、ロキとロックがそれぞれに【咆哮《ほうこう》】を放つ。

そして私はウィンドウォールで壁を作り、イビルバイパーが撒《ま》き散らす麻痺毒《まひどく》を防ぐ盾にした。

イビルバイパーは毒と一緒に敵を麻痺状態にする液体を吐き出すから、厄介なのだ。

スミレが蜘蛛糸で二体のイビルバイパーを拘束し、麻痺毒《まひどく》の心配がなくなったところで、みんなで一斉に攻撃開始。

私はウィンドカッターを順番に打ち込み、怪我をしたみんなにヒールウィンドやハイポーション、またはハイパーポーションをかける。

ソラとユキも、私を護衛しつつフレアランスで援護している。

それにしても、進化してから、みんなの動きが前以上に凄くなっている。

イビルバイパーはあっという間にその姿を光の粒子に変え、魔石と皮、内臓と鱗《うろこ》、肉をドロップした。

「ふう……。リンの従魔《じゅうま》たちがいると、本当に戦闘が楽だ。ありがとう」

〈リンを護るためでもあるからな。気にするな〉

〈そうにゃ。それに、同じパーティーメンバーにゃ〉

エアハルトさん、ロキ、レンの会話を聞きながら、ラズと一緒にドロップを拾う。

内臓は貴重なポーションの材料だから私がもらうけど、他のドロップ品はみんなのものなのでパーティー用の麻袋に入れる。

第二階層にはイビルバイパーしか出ないのかな？

さっきから襲ってきてるのって、イビルバイパーだけだし。

なんて考えながら移動していたら、動く木がいた。え？　木が動くの⁉

「トレントだな」

「これはレンたちサーバルキャットの独壇場《どくだんじょう》だね」

《《《がんばるにゃー！》》》

どうやら驚いているのは私だけで、みんなは淡々と対策をたてていた。

視線の先にいるのは、私くらいの大きさの動く木が四体。トレントという魔物だそうだ。

トレントはじっと木のふりをして、餌になる獲物が目の前を通り過ぎるのを待ち、通り過ぎたところを枝でパシーン！　と叩《はた》いて横倒しにするんだとか。

獲物が倒れたところで、幹や根っこを刺して体内の液体や魔力を吸うんだって。そうして残るのは、干からびたモノ。……こわっ！

そんなトレントの弱点は火だ。なので、【火炎魔法】を得意とするレンたち一家の出番なのだ。

フレアランスを放った四匹は、一瞬にしてトレントを灰にした。

ドロップは魔石と枝と木材。トレントがドロップした木材はベッドや箪笥《たんす》、棚に使用される。小さい枝は魔法使いの杖の素材として重宝するんだって。

「わたくしの【火魔法】では、こうはいきませんわ」

〈スキルの熟練度が上がれば、【火炎魔法】になるにゃ。ユーリアならできるにゃ〉

「ありがとうございます、レン」

にっこりと微笑むユーリアさん。レンの言葉が嬉しかったみたい。

ユーリアさんは【火】【風】【土】【水】の四種類の魔法が使えるという。凄いよね。

その才能を活かし一般の騎士から近衛《このえ》騎士になったユーリアさんは、昔は護衛として、グレイさんと一緒にダンジョンに潜っていたそうだ。

そして、王太子様に二人目の王子が生まれたことをきっかけに、継承権を放棄したグレイさんと二人して冒険者になったそうだ。

そうしているうちにお互いに好きになり、婚約者となったそうなんだけど……

二人は恋愛感情だけじゃなく、お互いに凄く信頼し合っているんだと見ていて思う。

私たちも――私と従魔《じゅうま》たちも、お互い信頼し合っているように見えるかな。見えると嬉しい。

そして、いつか私が渡り人だということを『フライハイト』のメンバーに話して、もっともっと信頼関係を築くことができたらいいなあと思った。

そんなことを考えつつも、薬草や果物、キノコの採取をする。

セーフティーエリアの直前でまたトレントに襲われたけど、レンたちが難なく倒し、ドロップを拾って中へと入った。

お昼を食べたあと、ふたつ目のセーフティーエリアを目指し、再出発。

採取と戦闘をしているうちに、私のレベルが上がった。

今回の目標レベルは九十。あとふたつ、頑張りますよ～！

そしてふたつ目のセーフティーエリアに着いたので、夕飯の準備。

あれこれ考え、結局夕飯はポトフとパン、サラダにした。

今日は見張り一番手なので、従魔《じゅうま》たちと準備をしつつ、まったり過ごす。

〈リンママ、今日のぽとふってご飯、美味しかった！　帰ったらまた食べたい！〉

「いいよ。帰ったその日に食べる？」

〈うん！〉

〈はんばーがーっていうのも食べたいにゃー〉

〈炊き込みご飯もにゃ！〉

「順番に作るからね、ロック、ソラ、ユキ。だから楽しみにしてて」

〈〈〈うん！〉〉〉

私の周りに集まって、ご飯をリクエストしてくれる子どもたち。私たち以外にも野営をしている人がいるので、話すときは小声だ。夜だし、ダンジョン内だから配慮しないとね。

親たちは伏せて目を瞑《つぶ》っているんだけど、耳や尻尾《しっぽ》が動いている。

セーフティーエリア内とはいえ、なにがあってもいいようにしているんだろう。

ラズとスミレはどこかに行っているのか、この場にいなかった。

なかなか戻ってこないなあと心配していたら、交代する時間の直前になって、薬草をたくさん持って帰ってきた。

「どこに行ってたの？　魔物に遭わなかった？　怪我は？」

〈薬草を採りに行ってた〉

〈ダイ、ジョブ〉

「よかった。いっぱい採取してくれてありがとう。だけど、みんなと行動しているんだから、勝手にどこかに行ったりしたらダメだよ？　だから、今度から気をつけようね」

〈〈わかった。ごめんなさい〉〉

注意すると頷いて謝罪するラズとスミレ。

私たちだけで行動しているならいいけど、今はパーティーで動いているからね。

もしトラブルになったら、悪く言われるのは主人である私だけではないから、そこはしっかり注意をしておかないといけない。

その後は、どんな薬草が手に入ったのか見せてもらったんだけど……

褒めつつもその種類に内心溜息をついた。今売っているポーションの材料の他に、店には出していない、別のヤバそうなポーションの材料ばかりだったのだ。

教えてないのに、なんで知っているんだろう？　一緒に図鑑を眺めてたからかな。

いろいろと頭を抱えつつ、そろそろ時間だからとテントの外からそっと声をかけると、アレクさんが出てきた。

「なにかありましたか？」

「ラズとスミレが勝手に採取に行った他は、特になにも。二匹にはきちんと注意しました」

「そうですね。注意すること、叱ることは大事ですし。エアハルト様にも伝えておきます」

アレクさんに報告して、自分のテントの中に入る。

今日もロキのお腹を枕にして、みんなで一緒になって眠った。


起きたら、さっそくラズとスミレはエアハルトさんに注意されていた。

といってもきつく叱るのではなく、二匹が勝手なことをすると私に迷惑がかかるという、とても優しい叱り方だった。

二匹だけじゃなく、他の従魔《じゅうま》たちも真剣に聞いて、頷いている。

本当にいい子ばかりで助かるし、わかってくれて嬉しい。

朝ご飯の支度はエアハルトさん。食後にレモンティーを出されたので、飲みきったら出発です。

これから第三階層へ下りる階段を目指す。

今日もイビルバイパーとトレント、今回初めて出たレッドウルフと戦闘をしつつ、採取。

レッドウルフはとても綺麗な赤色をした毛皮とお肉、爪と牙、魔石を落とした。

レッドウルフの毛皮は染めたり脱色したりして様々なものに使われるそうだ。

特に敷物はあったかいから重宝するんだって。私も敷物にしてもらおうかな。あとで相談してみよう。

何回か戦闘をしているうちに第三階層へと下りる階段が見つかったので、慎重に下りていく。

第三階層は岩肌と低木が広がる場所だった。ここでは主にゴーレムとオーガが出るんだって。

なので、みんなはゴーレムに効果的なハンマーをすぐに取り出せる位置に装備しているし、私は【風魔法】の準備万端です！

「狙うのは青いゴーレムか、赤と金が混じったゴーレムだ」

〈なにか来るぞ、エアハルト。……赤と金のゴーレムだな〉

「ありがとう、ロキ。さっそくお出ましか」

ロキの警告に、みんながハンマーを装備する。

出た数は三体だ。エアハルトさんの指示に従って、ハリケーンで様子見。

ハリケーンが消えると、腕や足が破壊されたゴーレムが見えた。

そのタイミングで、みんながハンマーを持って一斉に攻撃し、呆気なく戦闘が終了した。

「中級ダンジョンで全体魔法が使えるのは見ていたが……」

「僕は初めて見たけど、ハリケーンでこの威力とはね……」

「わたくしでもここまで威力は高くありませんわよ？」

「どなたに習ったのですか？　リン」

私が放ったハリケーンの威力を見て、エアハルトさん、グレイさん、ユーリアさん、アレクさんが次々に質問を重ねてくる。

「『蒼《あお》き槍《やり》』のアベルさんに教わりました」

「「「「なるほど！」」」」

ＳＳランクに上がったアベルさんの名前を出したら、納得されてしまった。

ユーリアさんによると、アベルさんは本当に凄い魔導師で、冒険者の間でも憧れの存在なんだって。凄い人に魔法の使い方を教わったんだなあ……。

「アベルが魔法の使い方を教えること自体が珍しいんだがな」

「そうだね。僕も聞いたことはないかな」

エアハルトさんとグレイさんは、アベルさんとそれなりに親しいらしく、珍しいことがあるものだと驚いている。

「あまりにも私が無駄な魔力を使っているからと、効率的な魔力の使い方などを教えてくださったんです」

その効率的な魔力の使い方をユーリアさんに聞かれたから話したんだけど、それは魔法を扱う人間なら、誰しもが習う方法だという。私は孤児だから魔法をきちんと習ったことはないし、教えてくれたのも薬師の師匠だと言ったら、納得された。

まあ、実際は異世界から来たから本来のやり方を知らないし、アントス様に使い方を刷り込んでもらったから魔法を使えてるんだけどね。

……言えないから黙ってるけど。

「それにしても、リンには【風魔法】の適性がありますのね」

ふいにユーリアさんが言った。

「そうなんですか?」

「ええ。適性があると、その分威力が高まるのですわ。わたくしは四種類の魔法を使えますけれど、特別な適性がないのでリンほど威力が高くありませんの。使える魔法が多い者の弊害とも言えますわね。もちろん、アベル様のように例外的な方もいらっしゃいます。リンはそのまま適性を伸ばしていってくださいませ」

頑張ってくださいとユーリアさんに励まされて、嬉しくなる。

だけど、四種類の攻撃魔法を使えるユーリアさんのほうが凄いと思うし、尊敬する。

ゴーレムのドロップを拾い、ついでにその場にあった薬草を採取した。第三階層は草原や森じゃないから量は少ないけど、それでも多少はあるのだ。

採取を終えたら、移動を開始。

今度は額にふたつの小さな角が生えた、筋骨隆々《きんこつりゅうりゅう》の魔物であるオーガが二体、現れた。

ロキとロックが【咆哮《ほうこう》】を、ソラとユキがフレアウォールを放ち、足止めする。

そしていつものようにスミレが糸で拘束しようとしたら、オーガはすぐに動いてしまった。

「ちっ! さすがはオーガといったところか。リン、全体魔法を頼む、強力なやつを!」

「はい！　テンペスト！」

「では、わたくしも。テンペスト！」

〈ラズも！　テンペスト！〉

ユーリアさん、ラズと一緒に放ったテンペストが、オーガ二体を包む。三重のテンペストが交じり合い、強力な魔法になって、オーガを襲った。

それに続いて、レンたち一家がフレアランスを、ロキとロックがストーンランスを放った。

すべてが収まったあと、もう一度ロキとロックが【咆哮《ほうこう》】を放ち、スミレがすぐに糸で拘束。足止めしたところでエアハルトさんたちが、剣を振るった。

エアハルトさんたちが引っ込むと、今度は従魔《じゅうま》たちが爪や牙、魔法で連携するように交互に攻撃していく。その隙間をぬい、私はエアショットやウィンドカッターを放ってみんなを援護し、ポーションで回復。

そんなふうにして何度か攻撃を繰り返すと、オーガは光の粒子となって消えた。

ドロップは魔石と皮と角、そして、大きな剣が一本だ。

紅く光り、真ん中に装飾が浮きあがっているとても綺麗な両刃の大剣だけど……

「これは……！　レアドロップだ！」

目をキラキラと輝かせるグレイさん。

「グレイがずっと欲しいと言っていたやつだよな」

嬉しそうな様子のグレイさんを見て、エアハルトさんが笑いながら言った。

「ああ。これも成長する武器でね。今は〝オーガの大剣〟だけど、成長しきると〝オーガニクス〟になるといわれているんだ。オーガの剣や大剣自体はよくドロップするけど、成長するものはなかなかドロップしないいんだよ」

おお、私の大鎌と同じように成長するのか！

さっそくとばかりにオーガの大剣を装備するグレイさん。この剣は適性者が装備すると、攻撃力や防御力が上がるようになっていると嬉しそうに教えてくれた。

その後、セーフティーエリアに着いたので一旦休憩。

今日はここで泊まるから、このセーフティーエリアを拠点にして周囲を探索するんだって。

第三階層はあまり採取するものがないから、私自身と大鎌のレベル上げを頑張りますよ～！

オーガとゴーレムを倒しつつ、周囲を歩く。ヒヒイロカネを落とすゴーレムが多くて、みんなが武器を強化するために欲しいと思っていた量があっという間に集まった。

なので一度セーフティーエリアに戻り、今後の予定を話し合うことに。

「ヒヒイロカネはだいたい集まったか？」

「そうですわね。あとはギルドからの依頼分くらいかしら」

ドロップ品であるヒヒイロカネを数えながら話す、エアハルトさんとユーリアさん。

「僕はオーガの大剣が出たから、必要分以外はみんなに渡すよ」

「あとはビッグシープだけですね。ショーユやミソももう少し採ってもいいかもしれません」

エアハルトさんからの質問を受けて、グレイさんとアレクさんが答えた。

「私はもう少し食材が欲しいです。あと、レッドウルフの毛皮を敷物にしたいんですけど、いいですか？」

「「「「もちろん！」」」」

おお、敷物の許可が下りました！

みんなも欲しいと言い出したので、レッドウルフ狩りが決定した。今から移動したら、レッドウルフが出る第二階層のセーフティーエリアに着くのは夜中になってしまって危険。

なので、今日は第三階層で武器やみんなのレベル上げをしようという話に。

それから何度もオーガを倒したら、グレイさんに続いてアレクさんの双剣、エアハルトさんの長剣、ユーリアさんの細身の剣と、なぜか大鎌まで出た。

【デスサイズ】希少《レア》
高名な薬師が戦闘に使っていたという大鎌
希少《レア》ではあるが、成長するといわれている
成長すると伝説《レジェンド》になる仕様
薬師が装備した場合に限り、ボーナスあり
薬師が装備した場合：攻撃力＋８００　防御力＋８００

ヴォーパル・サイズよりもヤバい性能の大鎌だった！

二本も持っていてもしょうがないんだけどなあ……なんて思っていたら、エアハルトさんが両方の武器を合成することができると教えてくれた。そんなことができるのか。

合成する場合は、どちらも同じレベルかランクじゃないとできないから、どちらも最高レベルとランクにしてから合成するといいんだって。

ちなみに性能は高いほうのものが引き継がれたり、上乗せされたりするそうだ。

だから、もう私はヒヒイロカネはいらないのかと思ったら、そうではないらしい。ひとつの武器や防具には、他の武器や金属を十個まで合成できるとか。合成した分の性能が上乗せされるので、できる限り合成したほうがいいと教わった。

そういえば、従魔《じゅうま》たちにも扱えるような武器ってないのかなあ？

それとなく聞いてみたけど、そういったものはないと言われてしまった。従魔《じゅうま》は自前の爪や牙などの攻撃力が高いから武器は必要なく、代わりに攻撃力と防御力を上げてくれる装飾品があるそうだ。

みんなは強いけど、やっぱり怪我が心配だから、帰ったらそういうものが作れるかゴルドさんに聞いてみよう。

日暮れまでゴーレムやオーガと戦闘し、夜はセーフティーエリアで休んだ。たくさん戦闘したかいあって、レベルがひとつ上がって、八十九になった。目標まであと少し。

夕飯は乾燥野菜とキノコ、干し肉が入ったスープ。あと、リクエストをもらった、乾燥野菜とたっぷりのキノコを使った野菜炒め。お肉はビッグホーンディアのお肉を薄切りにしたものだ。

ボアのお肉も美味しかったけど、こっちも美味しい！

異世界に来てからいろいろなお肉を食べたけど、どれも美味しいから凄い。

あと食べてないのは羊のお肉くらいだけど……できれば食べてみたいなあ。

だって、日本にいたときも一回しか食べたことないし。

たしか、その一回は会社でよく私の面倒を見てくれていた女性の先輩と一緒に、焼肉に行ったときだ。先輩の婚約祝いで行ったんだよね。なにが食べたいか聞いたら、「焼肉！」と嬉々として言っていたっけ。

そのときに陸自の自衛官だっていう婚約者も紹介してくれるはずだったんだけど、仕事で来られなくなっちゃったんだよね。会ってみたかったなあ。

先輩が結婚してすぐに会社が倒産して、私もこの世界に来てしまったから、彼女がその後どうなったのかわからない。元気でいてくれて、幸せならいいなあと思った。

今日は野営の見張りがないから、ゆっくり眠れる。

ただ、ラズが沈んだような顔をして俯き、溜息をついているのが気になる。

体調でも悪いのかと思って声をかけたんだけど、大丈夫としか言わないんだよね。

珍しくレンが枕になりたいと言ったので、ラズを心配しつつ、レンを枕にみんなに囲まれながら眠りについた。

ロキとは違う種類の、これまたふっかふかな毛並みでした。

翌朝、身支度とご飯を早々に終え、第二階層に向けて出発。

今日の目的はレッドウルフだ。ドロップ品の毛皮で敷物を作るからね。

一人三、四枚もあればかなり大きな敷物を作ることができるそうなので、人数分のドロップを狙う。

それにしても何色の敷物にしようか悩む。やっぱりカーテンに合わせた緑系統がいいかな。そして敷く場所は、寝室にしよう。ちなみに、リフォームしてから、寝室だけは土足禁止にしているのだ。従魔《じゅうま》たちもそれを知っていて、私かラズに足を拭いてもらうまで、中に入ろうとしない。

本当にいい子たち！

そんなこんなでレッドウルフとイビルバイパー、トレントと戦闘をしつつ、夕方には第二階層のセーフティーエリアに着いた。

夜になるまでその周囲で戦闘をした結果、レッドウルフの毛皮は充分集まりました！

夕飯を用意して寝る準備。今日の野営の見張りの順番は真ん中だから、慌ただしい夜になる。

これも訓練だからと自分に言い聞かせ、従魔《じゅうま》たちと眠った。

眠ったと思ったらすぐにユーリアさんに起こされた。

何回か経験したけど、やっぱりこればっかりは慣れそうにないなあ。

薬草が必要だからダンジョンに潜っているけど、もっと短期間、できれば一泊か二泊で、私たち家族だけでダンジョンに行くのもいいかもしれない。

これから冬になるからしばらく我慢だけど、春になったら一度は試してみようと思って、従魔《じゅうま》たちと相談した。

〈イク！〉

スミレを筆頭に、賛成してくれる従魔《じゅうま》たち。

〈それに、我らがおるから、リンは見張りをしなくても問題はない〉

心強いことを言ってくれるロキ。

「みんなも寝るんだよね。危なくないかな？」

〈我らは気配に聡い。なにかあったら寝ていてもすぐにわかるからな〉

「そっか。じゃあ……春になったら、一度どこかのダンジョンに潜ってみようか」

〈そうしよう〉

すっごく申し訳ないけど、ロキの言葉に甘えることにした。

従魔《じゅうま》たちは、私が頼ると喜んでくれるから。

本当にいい従魔《じゅうま》たちだなあ。それに比べて、情けない主人でごめんなさい。

そんなことを話しているうちに交代の時間になったので、アレクさんを起こす。今回は特になにもなかったのでそう報告し、またテントの中に入って従魔《じゅうま》たちと一緒に眠った。


朝ご飯を食べたら、第一階層を目指して出発です。

今日は帰る日だけど、ビッグシープ次第でもう一泊するかもしれない。

依頼分のビッグシープのドロップ品がまだ集まっていないのだ。

歩きながら山芋とさつまいも、マッツタケなどを採りつつ他の魔物と戦闘をしていると、やっとビッグシープに遭遇した。

その数、三体。

「よし、気合を入れるぞ！」

武器が新しくなり、気合充分なエアハルトさん。攻撃力が上がったのか、前よりも早く戦闘が終わった。本当に凄いんだなあ、オーガがドロップした武器って。

ビッグシープがドロップしたのは、魔石と羊毛がひとつ、お肉がふたつ。

「おや。珍しいね、肉をドロップした」

「焼いたお肉が食べたいですわね、グレイ様」

ドロップしたお肉を見て楽しそうに会話するグレイさんとユーリアさん。

「コンロはございますが、タレ、が……っ！」

「「「リン、タレはっ⁉」」」

アレクさんの言葉に、四人は期待した目で私をガン見する。もちろん、期待に応えられます！

「ありますよ～」

そう言うと、従魔《じゅうま》たちを含めた全員が喜んだ！

ダンジョンに潜ると一回は焼肉をしているから、タレは各種持ち歩いていたりする。

「じゃあ、お昼はビッグシープのお肉で焼肉というか、バーベキューにしますね」

「おお！　レインボーロック鳥やディア、ボアかオークも頼む！」

前のめりで言ってくるエアハルトさん。

「わかりました。ただ、さすがにまだ早いですから、先に依頼をこなしてしまったほうがいいんじゃないですか？」

みんなのテンションを落ち着かせようと提案したんだけど……

「そうですわね！」

「でしたら、さっさと依頼を終わらせて、バーベキューにしましょう！」

「ああ！」

むしろ大はしゃぎするみなさんと従魔《じゅうま》たち。

一致団結した彼らは、それはもう凄い勢いで戦闘して依頼分以上のドロップ品を確保。

さらにお肉を一人ひとつは食べられるよう、ビッグシープを探し回っていた。

……食べるのが楽しみなのはわかるけど、ちょっと引いてしまった。

お昼過ぎにセーフティーエリアに着いたので、コンロを三つ出してバーベキューの準備。

乾燥野菜とキノコを使ったあっさりスープも用意した。

生の野菜はさつまいもと山芋、リュックに入っていたピーマンととうもろこし、玉ねぎしかないけど、まったくないよりはマシだと思うことにする。

お肉も芋類も薄くスライスし、そのまま焼いたりタレを付けて焼いたりしながら、みんなで和気藹々《わきあいあい》と楽しんだ。

山賊焼きもしてみたら、初めて食べたグレイさんとユーリアさんも気に入ってくれた。

そしてエリア内に匂いが漂っていたからなのか、顔見知りの冒険者に声をかけられた。

タレと山賊焼きの作り方を聞かれたので教え、そのお礼としてみかんやブルーベリー、キウイをもらった。みかんをデザートとして食べたんだけど、日本のみかんと遜色《そんしょく》ないくらい甘くて、とっても美味しい！　冬の間に食べるのが楽しみになったよ～。

食事も終え、ミントティーで休憩。

それが終わったら、帰る準備をして、出入り口を目指した。

地上に出ると、馬車とスレイプニルを預けていた休憩所で『フライハイト』として集めたものを分配した。そんなこんなで、私は魔石とビーンが落とした各種のドロップ、お肉類、レッドウルフの毛皮を六枚ももらった。

魔石といらない素材はすべて換金して、そのお金でレッドウルフの敷物を作ろうと思う。

六枚もあるから、相当大きな敷物になりそう。やったね！

馬車にのって王都に帰ると、夕方に近かった。

冒険者ギルドに寄ってカードの更新をしてもらうと、レベルがぴったり九十になっていた。

目標が達成できて、嬉しい！

受付嬢さんに敷物を作りたいと相談したら、革製品を専門に扱っているお店を紹介してくれたので、帰りに寄って作ってもらうことに。

さっそく紹介してもらったお店で敷物を頼むと、一週間ほどでできるとのことで、木札を渡された。これを持っていくと、出来上がった敷物と交換してくれるんだって。

出来上がるのが今から楽しみ！

みんな揃って拠点に戻ったあとは、個人的に採取した各種果物とキノコを、ハンスさんにお裾分けした。

ブルーベリーはジャムにすると美味しいと伝えると、嬉々として作ると言っていた。

他にも、豆腐を使う今の季節にぴったりな料理を知らないかとハンスさんに聞かれたので、いろんな鍋の種類を教えた。

レインボーロック鳥の鍋が気になったようで、ふるまってくれることに。

ララさんとルルさんが具材の入ったお鍋を持ってきてくれたので、テーブルの上にあるコンロにのせて火を点ける。

しばらくするとぐつぐつと沸騰して、鍋蓋の穴から湯気が出てきた。

蓋を開けると、醤油や出汁、具材の匂いと一緒に湯気がふわっと立ち上る。

「「「「おお～っ！」」」」

エアハルトさんとアレクさん、グレイさんとユーリアさんが歓声をあげる。

「寒い季節にぴったりな、鍋という料理です。足りなければその都度食材を追加して、煮込みながら食べてください。最後はご飯と卵を入れてかき混ぜ、雑炊という料理にするのがオススメです」

私が教えた通りに説明をするハンスさん。

お鍋は、野菜とお肉の出汁が出ていてとても美味しい。

みんなも感想を言いながら食べている。

もちろん従魔《じゅうま》たちの分も作ってくれています！

〈〈〈美味しいにゃ～!!〉〉〉

〈ロック鳥がいい味だ〉

〈オイ、シイ〉

〈リンママ、雑炊はまだ？〉

〈……〉

みんな感想を言いながらガツガツと食べているんだけど……

やっぱりなにか心配ごとでもあるのかなあ、ラズは。一人無言で食べていて、とても心配。

ダンジョンにいるときも、沈んだように時々溜息をついていた。はぐらかすのが上手なラズだから、私が聞いても答えてくれないだろうし……

そんなラズを心配しつつ、従魔《じゅうま》たちのために雑炊を作る。

スミレは体が小さいのに、どこに消えているの？　って思うくらい、たくさん食べている。

私たちの分の雑炊は、ハンスさんが作ってくれたんだけど……

「ゴハンはこうして食べてもいいのか。いいな、これ」

「隣国に行ったときに食べた、リゾットのようですわね、グレイ様」

「たしかに似ているね」

「僕はリゾットよりも、この雑炊というほうが好きです」

みんな気に入ったみたい！

「雑炊はリゾットに比べて消化がいいので、風邪をひいたときや、病気をして体が弱っているときに食べても美味しいです」

ハンスさんは私たちの話を聞いて、なにかメモをしている。

また新しいレシピを考えているのかな。

なにか作ったらこの前のように味見をしてくれって言ってくるだろうから、それまで黙って待っていよう。せっかくハンスさんがやる気を出しているんだから、変に口を出して水を差すようなことはしたくない。というか、私も面倒だしね。食べる専門になります！

これからも、従魔《じゅうま》たちとメンバーと美味しいものをたくさん食べたいなあと、改めて思った。

第二章　年末年始

ダンジョンから帰ってきた翌日は、家の掃除や庭の手入れをこなし、みんなと遊んだりして過ごした。スミレはアレクさんに渡した糸の報酬をもらうため、拠点の庭に行っているので、ここにはいない。

庭で従魔《じゅうま》たちと遊んでいるとグレイさんがやってきた。

王都の北地区で風邪の患者が出たから薬が欲しいと言うので、急いで作って渡すことに。

「従魔《じゅうま》たちは風邪をひいたりしないいんですか？」

薬を作りながらふと気になったことを聞いてみる。

「魔物はひかないいんだ。風邪をひくのは、人型になっている者たちだけなんだ」

「へ～」

「リンも今日から風邪薬を飲んで、予防してね」

「わかりました」

日本では風邪をひくことは滅多になかったけど、世界が違うから私もひくかもしれない。なので、きちんと飲んでおこう。

「あ、そうだ。グレイさん、お店に薬を置いたほうがいいですか？」

「そうだね……置いてほしいけど、ちょっと待ってくれるかい？　マルクから騎士団経由で王都中の医師と薬師、道具屋や商会に、風邪薬を常備するように指示がくると思うんだ。以前王宮に納品したものが配られるはずだから、それを置いてほしい」

「新たに作る必要はないってことですか？」

「それも騎士が教えてくれるから、王宮から指示が出るまで待ってほしい」

「わかりました」

なにかあったら困るから準備だけはしておいてと言われ、頷く。

あとで拠点に置いておく予備の風邪薬と解熱剤を持っていくからと約束し、グレイさんとは一旦別れた。

昼ご飯を食べたあと、私だけ風邪薬を飲む。今日から三日間飲まないとね。

午後は予備の風邪薬と解熱剤を用意して、拠点に持っていった。

夕飯に誘われたけど、もう準備してしまったからと断り、家に帰る。

今日のメニューはロックにダンジョンでリクエストされたポトフ。それにパンと、ボアのステーキも用意してます！

最近よく食べるからなあ、従魔《じゅうま》たちは。進化してから、前以上によく食べる。

一応【無限収納《インベントリ》】付きのリュックの中には、冬を越すためのたくさんの食材が入っているけど……足りるんだろうか。

まあ、市場に行けばなにかしら食材は売っているし、いざとなったらダンジョンに行けばいいから、そのときになったらまた考えようと思う。


翌日、ビルさんとローマンさんが来た。いつもの気さくな雰囲気ではなく、かっちりとした様子の二人に少し緊張する。

私の目の前で巻紙を広げ、その内容を読み上げるビルさん。

「王宮より通達。本日より、王宮医師から風邪の終息宣言が出るまで、風邪薬と解熱剤の販売をしていただきたい。商品はこちらだ。不足分が出た場合はまた後日持ってくるが、間に合わないようであれば、作ってほしい」

「はい」

なるほど。いつものように騎士団からではなく、国からのお達しだから様子が違ったのだろう。

ローマンさんが、風邪薬と解熱剤が入った木箱をカウンターの上に置いてくれる。薬はどれも小さな瓶に入っていて、一瓶で三日分の薬になると教えてくれた。

「あの、質問してもいいでしょうか」

「我らに答えられることであれば」

キリッと答えるビルさん。

「ありがとうございます。もし追加の薬が間に合わなかった場合は作ってほしいと仰っていましたが、瓶はどうしたらいいでしょうか」

「雑貨屋で売っている瓶を買ってほしい。あるいは、自前の瓶を持って買いに来る者もいるから、その場合は中身の薬だけを販売してほしいと聞いている」

「わかりました」

他に質問はないか聞かれたけど、今は思い当たることはないので首を横に振る。

ビルさんたちは、これから西地区にあるすべての道具屋さんや商会を回るそう。大変だなあ。

二人を見送ったあとさっそく薬を置く場所を考える。どこがいいんだろう？　単純にカウンターの上でいいか。ここが一番目立つしね。

ちなみに、王都には五つの地区――中央地区、北地区、南地区、西地区、東地区がある。

それぞれの地区に薬師と医師がいるから、配布分の薬がなくなっても安心していられるとビルさんが言っていた。

特に、私がいる西地区には他に薬師がいないらしく、「リンが西地区に来てくれてよかった」と感謝されました！

そういう話を聞くと、本当にこの世界には薬師が少ないって実感する。

医師はそれなりにいるんだけどなあ。

そもそも、医師と薬師は作ることができる物や、その役割に大きな違いがある。

医師は様々な体調不良を治すための薬を作ることができ、日々一般市民の診察などを行っている。

そして薬師は、魔法が関わる状態異常——麻痺や呪いを治すためのポーションを作り、騎士団や冒険者の活動を支えている。

今回のように簡単な風邪薬や解熱剤は薬師でも作ることができるけど、他の物は作ることができない。実際に、自分の分が欲しいからと、以前試しに痛み止めや湿布薬を作ってみたけど、上手にできなかった。

いくら私がチートな薬師でも、医師の適性がないと作れないとわかってホッとしたっけ。

医師と薬師はきちんと棲み分けができてるんだなあ。

その三日後。お昼の休憩時間に、グレイさんと王宮医師のマルクさんが来た。

「リンに相談なんじゃがの。お主の師匠は、これの作り方を知らんかったかのう?」

マルクさんに見せられたのは、日本で見たことのあるものだ。白くて、長方形で、耳にかけるところがついているもの。

「これって……、マスク、ですか?」

「おお、よく知っとるのう。そうじゃ、マスクというんじゃ。風邪の予防に効果的でのう。儂が若いころに渡り人が伝授してくれたそうなんじゃ。ただ、マスク自体は輸入できたんじゃが、その製法は我が国にはまだ伝わっておらんでのう……」

「そうなんですね。師匠から話は聞いていましたし、実物を見たことがあります。師匠が買ってくれたんです。だけど、さすがに師匠も作り方は知りませんでした」

「そうか……」

私の言葉にがっかりしたように肩を落とし、俯くマルクさん。

「それにしても、なんで急に作り方を調べているんですか?」

「輸入に頼ってばかりではいかんし、渡り人が来なくなった影響で作り方もなかなか伝わってこない。じゃから、独自に開発せよと陛下に言われたんじゃよ」

作り方が入ってこないなら、独自で開発したほうが安上がりだと考えたんだろうね、王様は。

マルクさんによると、渡り人が初めてマスクを伝えたのは三千五百年前。

そして、渡り人が来なくなったのは二千年前かららしい。

噂によると、召喚陣が消えたりして突然召喚ができなくなったそうだ。

……アントス様もそんな話をしていたよね。もう一度アントス様に会って話を聞きたいなあ。

それはともかく、マスクが伝わっているのに、どうしてうがいが伝わっていないのか不思議だ。

口に含んだものを吐き出すし、大きな音を出すから、はしたないと思って廃《すた》れてしまったんだろうか。

グレイさんには伝えたけど、やっていないみたいだし……。残念。

「これって、素材はなんですか？」

マルクさんが持ってきたマスクを見つつ、気になったことを質問していく。

「等級の低い、スパイダーシルクじゃ。息がきちんとできるうえ、複数の【付与《エンチャント》】がかかりやすいから、予防にも最適なんじゃ」

「単純に長方形の布に紐を通したり、直接縫いつけて作っていると思うんですけど……このままだと違うんですか？」

「そうなんじゃが、これだとつけたときに鼻のところが開いてしまうじゃろ？　輸入したものはぴったりと顔にくっつくようでのう。これよりも付け心地がよかったんじゃ。それに眼鏡をかける者もおるから、上が開いていると眼鏡がくもってしまうんじゃと」

「うーん……鼻のところに、細くて簡単に曲がるような、柔らかい金属を入れてもダメですかね」

日本で売っていたマスクを思い出しながら提案する。

「ふむ……。そうすれば曲がるから、ぴったりと顔につくかもしれんのう」

鼻の部分に金属……とマルクさんがブツブツ言い始めて、なにか考え込んでいる。

他に改良するところは……ゴムはないみたいだから、耳のところは紐で充分だと思う。見せてもらったものも細い紐だし。

あと、今の形も悪くないけど、できれば日本で見慣れたプリーツになっているマスクを提案してみようかな。

あれならば顎まで布で覆えるから、もっと予防に適していると思うんだよね。

「あと、こういう構造も面白いかもしれません」

「ん？　なんじゃ？」

マルクさんに断ってから席を外し、布の端切れと裁縫道具を持ってくる。

端切れを段々に折り目を作りながら畳み、両端を縫う。

そして上下に引っ張ると、布が伸びて丸く立体になった。

日本にあったマスクと同じ構造のものだ。

「おお、これはいいのう！　今よりも布は使うが、顎まで覆えるのがいい」

そう言って、私たちの会話を黙って聞いていたグレイさんに、私が作ったマスクもどきを見せるマルクさん。

「そうだね。それに、鉱山で使っているマスクに似ていないかい、マルク」

マスクもどきを観察しながら感想を述べるグレイさん。

「言われてみれば、そうじゃ。なるほどのう。あとはどうやって顔や鼻に安定させるかじゃのう」

再び、金属をどこに入れるとか、プリーツにするならどれくらいの大きさの布を使えばいいかとか、ブツブツ言い始めるマルクさん。

やがて、考えることを諦めたのか、溜息をついた。

「考えておってても仕方がないの。休憩しておるところ、悪かったのう」

「いいえ。こちらこそ、なんのお役にも立てなくて……」

「いやいや。なかなか鋭い指摘をもらったんじゃ。あとは儂らが試行錯誤して、作り上げればいいんじゃよ」

いい子いい子と頭を撫でるマルクさん。だから、そんな歳じゃないんだってば！

マルクさんからしたら、私は玄孫《やしゃご》と同じだろうけど！

そのあと少しだけ雑談をし、私が縫った物を参考にしたいからと、マスクもどきを持ってマルクさんたちは帰っていった。

というか、なんで私に聞いたんだろう？　師匠が凄い人だって話をしたからかなあ……

まあ、実際の師匠は、ドジっ子属性で残念な神様だけど。

しかも、『師匠（笑）』ってつくけど。

それはともかく役に立てたなら嬉しいなあ……と思いつつ、午後も店を開けた。


「ラズ、おいで」

その日の夜、沈んでいる様子のラズと一緒に、庭に出た。

〈どうしたの?〉

不思議そうな顔をしたけど、それ以上はなにも言わず、私についてきてくれるラズ。

横並びに座って、庭に植わっている薬草を一緒に見る。

「ラズと二人っきりなんて久しぶりだね」

〈そういえばそうだね〉

「ねえ……ラズ。私は強くないし、みんなに頼ってばっかりだけど、家族としてみんなのことを気にかけているの。ラズ、最近は元気がないけど、どうしたの?」

〈……〉

言うか言うまいか迷っている様子のラズ。

「みんなが進化したのを見て、羨ましくなっちゃった?」

〈っ! リン……うん、羨ましいんだ。ラズはもう、これ以上進化しないから〉

とても寂しそうな声でそう告げるラズ。

やっぱり進化できないことを気に病んでいたのか。

「ねえ、ラズ。もしかしたらさ、エンペラーよりも強くなれるかもしれないよ?」

〈え……?〉

「だって、神獣がいるでしょう、この世界には。もしかしたら今よりもレベルを上げて、

うーんと強くなったら、神獣になれるかもしれないよ?」

〈それは……〉

まだラズと二人きりだったとき、エアハルトさんの家で一緒に魔物図鑑を見たことがある。

その中には、スライムの神獣がいくつかのっていた。

だから、もし今よりも強くなったなら、神獣に進化できるんじゃないかと思ったのだ。

「だからね……私と一緒に、強くなろう?」

〈リン……。うん……うん……っ〉

飛び跳ねて私にしがみつき、体を震わせてわんわんと泣くラズ。そんなラズを撫でる。

「きっと、もっと強くなれるよ、ラズも。ちゃんとレベルが上がっているんだから。それ以上成長しないなら、レベルが上がるはずないよ」

〈うんっ!〉

泣き笑いをして私を見上げるラズ。一緒に頑張ろうと、決意を新たにした。

じわじわと王都全体に風邪が広まってきているという噂が冒険者たちから届き始めたころ。

騎士たちが追加の薬と一緒にマスクを持ってきた。

しかも、マスクはプリーツになっているものだから、マルクさんは独自開発に成功したんだろう。

ビルさんとローマンさんによると、試しにマスクを販売することになったそうだ。使い方の見本となっているのか、二人ともそのマスクをつけている。

「使い心地はどうですか？」

「快適だよ。マルク様がリンちゃんの話が糸口になったと、喜んでいたよ」

笑顔で言うビルさん。

「そうなんですね。たいした話はしていませんけど、それならよかったです」

「どんな話をしたんだい？」

ローマンさんも興味がある様子で尋ねてきた。

「鼻のところがぴったりくっつかないと相談を受けたので、細くて簡単に曲がるような、柔らかい金属を入れてはどうかと話したんです。あと、構造に関しても提案してみました」

「なるほどなあ」

「だからこの形になったんだね」

改善案を出したとはいえ、そもそも渡り人がマスクを伝えてくれていたから形になったのだ。

もし一から作るとなると、説明が大変だったかもしれない。

誰か知らないけど、作り方を伝授してくれてありがとう！

その後、次に行くからと騎士の二人は帰っていった。

予防のための風邪薬は全部飲みきったけど、念のためマスクもしておこう。

「私も、個人的にマスクを作ろうかな」

〈スミレ、ヌノ、オル〉

私のひとり言を聞いて、スミレが声をかけてくれた。

「いいの？」

〈デス、タイラントノ、イト、ツヨイ。デモ、ツカウノハ、リント、コノイエニ、スムモノ、ダケ〉

「わかったよ。それならお願いしてもいい？」

〈マカセテ！〉

デスタイラントの糸はとても貴重で、簡単には手に入れることができないから高価で取引されている。さすがにこれは、よっぽどのことがない限り『フライハイト』のメンバーにも渡すことができないと、スミレもわかっているようだ。

メンバーのことは信用しているけど、その周りの人がスミレのことを利用しようとするかもしれないもんね。だから、黙っていることにした。

それにしても、今までにスミレが織ってくれた布もあったかくて凄かったのに、今回はどうなるんだろう。布が余ったら、今度はスパッツや長袖のTシャツを縫おうかな。

一度、アントス様がくれた私専用のスマホで検索したら、作り方があったしね。

ヨシキさんが着ていた迷彩服やビールのこともあるし、やっぱり召喚者だけじゃなくて、転生者もいるような気がする。最新の知識が多いんだよね。

どこかで転生者に出会えたらいいのになあ……って、強く思った。

その二日後、西地区にも風邪をひいた人が出たとかで、マスクや風邪薬と解熱剤を買う冒険者がいきなり増えた。

今日はポーションよりも、そっちを買っていく人のほうが多い。

「うーん……今のところ在庫は平気そうだけど、どうしよう……」

今日のような出方だと想定ではあと一週間は保《も》つ計算だけど、もっと出たりすると一週間も保《も》たない。

明後日のお休みの日まで様子を見て、瓶は休みのときに買いに行くか自分で作ればいいかと思い、棚の整理をしたり冒険者の相手をしながら閉店まで過ごした。

それにしても、うちの店は冒険者しか来ないけど、道具屋や商会は一般の人も買いに来るから、かなり大変だと思う。

特に医師は診察をしながらだから、一番大変なんじゃなかろうか。

夜はお呼ばれされたので拠点に行き、ララさんとルルさん、ハンスさんと従魔《じゅうま》たちでご飯を食べる。醤油ベースの寄せ鍋で、とても美味しかった。

家に戻ってきてからお風呂に入ったあとは暖炉に薪《まき》をくべ、加湿器代わりの大きなお鍋にお水をたくさん入れてから布団に潜り込む。今日は従魔《じゅうま》たちも一緒に寝たいと、みんなしてベッドに上がってきた。

「ふふ……あったかいね、みんなは。ぐっすり眠れそう……」

〈我らもだ〉

〈〈こっちもにゃ〉〉

〈ミンナ、アタタカイ〉

〈あったかいよねー〉

〈〈〈……〉〉〉

ソラとユキ、ロックはベッドに上がった途端、すぐに寝てしまった。

今日は庭で遊んでいたから、疲れたのかもしれない。

私も神様たちに祈りを捧げたら、そのまま眠ってしまった。


とうとう風邪が王都中に広まった十二月の半ば。

グレイさんによると、早めに対策をしたからなのか未だに亡くなる人は出ていないけど、それでも多くの人が風邪をひいているそうだ。

ただ、今年はマスクが開発されたからなのか、何度も風邪をひくという人は少なく、そのおかげで重症患者もいつもより少ないと、グレイさんが幾分かホッとしたような顔をしていた。

それならよかった。

そして店のほうだけど、ポーション自体は一日に五本売れればいいくらいで、その代わりに薬とマスクがよく売れている。

それを見越してか、王宮から追加の薬とマスクが支給された。そろそろ作ろうかと思っていたところだったから、助かる。

そして年末、十三月になった。

ゼーバルシュは週七日、四週間で一ヶ月、十三ヶ月で一年。

日本人の感覚からすると〝十三月〟ってなんか変な感じがするけど、異世界だし、違いもあるよね。

もう帰れないんだから、いつまでも引《ひ》き摺《ず》っているのはよくないし、早く慣れないと。

「うーん……。やっぱり、ビニールハウスとまったく同じってわけにはいかないか」

休憩時間に庭に出て、薬草を確認する。

冷気を遮断するためにビニールハウス風にしている布を捲ると、薬草が少し萎《しお》れていた。

外に比べたら暖かいけど……

枯れてしまったとしても、種はとってあるから、春になってからもう一度種まきをすればいいかな？　もしくは今のうちに植木鉢とスライムゼリーを使って無理矢理採取するか。

〈ヌノ、マダ、イル？〉

どうしようかと考え込んでいたら、スミレが提案してくれた。

「スミレが大丈夫なら、織ってほしいな。雪が降る前にもう一枚重ねておきたいし」

〈ウン、イイヨ〉

「いつもありがとね、スミレ」

〈ダイ、ジョブ〉

今のスミレが織った布を重ねれば、もしかしたらもっと暖かくなるかもしれない。

スミレが織ってくれるというので、実験も兼ねてお願いした。

日本では冬の定番品だった、超あったかい肌着並みに保温効果があるんだよね、デスタイラントの糸で織った布って。

だから、どうにかなるかもしれないし。

とりあえず、布に関してはスミレに任せ、他の薬草や樹木も確認する。

冬になったからなのか葉っぱが枯れて丸坊主になってしまっているけど、下に落ちた葉っぱがいい具合に根っこを覆い隠している。これなら大丈夫かな。

「あ、そういえば、腐葉土《ふようど》を撒《ま》くのを忘れてた……」

以前集めた腐葉土《ふようど》がリュックの中に入っていたことをすっかり忘れていたのだ。

〈撒《ま》くなら、ラズが手伝う〉

「ありがとう。なら、薬草のほうをお願いしてもいい？」

〈うん！〉

腐葉土《ふようど》が入った麻袋の口を開けると、さっそくラズが触手を使って器用に土を持ち上げ、薬草畑の周りに撒《ま》き始めた。

こういった細かい作業は、ラズがお手伝いをしてくれるから本当に助かる。

それに、ラズは泣いて以来吹っ切れたのか元気になった。それが一番嬉しい。

私は樹木のほうに腐葉土《ふようど》を撒《ま》き、小さなシャベルで土を混ぜる。堆肥《たいひ》の作り方なんて知らないから、本当に適当だ。

そんなことをしているうちに休憩時間が終わってしまったので、片づけてから手洗いうがいをし、店を開けた。


翌朝、久しぶりに豆腐とわかめのお味噌汁と玉子焼き、卵かけご飯を食べた。

もちろん卵は洗浄をかけてから食べたよ！　とっても美味しかった。

今日は休みなので、リーダーであるエアハルトさんに、従魔《じゅうま》たちと森へ遊びに行くことをギルドタグの連絡機能で伝え、家に鍵をかけて出かける。ギルドタグは身分証明書になるだけじゃなくて、メールのような機能がついてるんだよね。本当に便利です！

道中、ゴルドさんのところに寄って従魔《じゅうま》たちの防具を作りたいと依頼すると、快諾してくれた。

「私が用意するものってありますか？」

「特にはないが、従魔《じゅうま》たちのどこに装備させるか決めてくれ」

「一番いいのは首ですかね？」

「ああ、そうだな。なら、みんな首輪タイプにするか」

従魔《じゅうま》の証であるリボンの代わりに首輪をつけることになるので、ついでに従魔《じゅうま》だと認識ができるように、首輪にもう一加工してくれるという。

もともとこういった従魔《じゅうま》を認識する道具を作るのは、ゴルドさんの得意分野なんだって。

「あ、だったら、ギルドタグを小さくしたようなプレートに、私の名前と、従魔《じゅうま》たち個人の名前を彫ることってできますか？」

「面白いことを考えるなあ、お嬢ちゃんは」

「だってダンジョンに潜ったとき、従魔《じゅうま》の証であるリボンをしていたのに、テイムしようとしたバカがいましたから。首輪に名前が入っているタグがぶら下がっていたら、はっきりとわかるかなあって思ったんですよね」

イメージは、犬がつけているネームプレートだ。

日本にいたとき、犬の首輪に名前と住所が書かれているタグがぶら下がっていたのを見たことがある。それをヒントにしてみた。

「まあ、いいんじゃねぇか？　お嬢ちゃんも従魔《じゅうま》たちも長い名前じゃねえから、簡単に彫れるしな。その分値段は上がっちまうが、いいか？」

「大丈夫です。従魔《じゅうま》たちは強いけど、怪我が心配で。なので、防御力が一番高くなるようにしてください。できれば攻撃力や素早さが上がる【付与《エンチャント》】もあるといいかも」

「ない場合はどうする？」

「防御力だけでいいです。資金はたっぷりありますので、どんな素材を使ってもいいですよ～」

「がははははっ！　ずいぶん太っ腹じゃねえか！　俺に任せておきな、いいものを作ってやるからよ！」

「ありがとうございます！」

従魔《じゅうま》たちの首回りとラズの頭のサイズを測るゴルドさん。

大きくなったり小さくなったりすることがあるかもしれないからと、それも考慮して【付与《エンチャント》】で伸縮自在をつけてくれることになった。

首輪の色はみんな同じ緑。

タグはミスリル製で、葉っぱの形にしてくれるという。薬師である私の従魔《じゅうま》だとわかるように。

タグ自体にも【付与《エンチャント》】をつけてくれるそうだ。詳しい話は企業秘密だと言われたので、苦笑しながら頷いた。

数が多いから出来上がるまで二週間以上かかると言われたけど、ＯＫを出した。しばらくはダンジョンに行ったりしないし、急ぐこともないしね。

出来上がったら、連絡してくれるそうです。楽しみ！

お願いしますともう一度頭を下げ、従魔《じゅうま》たちを連れて森へ向かう。

「じゃあ、遊びますか！」

〈〈〈〈〈やった！〉〉〉〉〉

ラズとスミレ、ソラとユキ、ロックがはしゃぐ。

森にある薬草はもう枯れちゃって見当たらないけど、腐葉土《ふようど》や枯れ枝を拾ったり、かくれんぼをしたり、襲ってきたホーンラビットやフォレストウルフ、フォレストモンキーと戦ったりして、森で一日中遊んだ。

そして白い綿毛をつけた虫が飛んでいるのを見て、この世界にも雪虫がいるんだなあって感動。

ただし、そのサイズは二センチもあるんだから、日本とまったく同じとは言い難いけどね！

そんなこんなでたくさん遊んで、夕方になったので自宅に帰る。

従魔《じゅうま》たちは楽しかったようで、帰ってきてからもずっと、また行こうと話をしていた。

庭でも遊べないわけじゃないけど、みんな体が大きいからね～。

森にいるときのように、思いっきり走ったりすることができない。

だから、休みの日は森に行って、遊ぶようにしています！


そして二週間後、従魔《じゅうま》たちの首輪型防具が出来上がったその日の夜。

王都にもちらちらと雪が舞い落ちた。


王都に雪が降った翌日、庭を見ると一面真っ白になっていた。

「おお、雪なんて久しぶり！」

日本にいたころは滅多に降らないところに住んでいたから、とても珍しく感じる。

まずは薬草が無事か確かめるべく、着替えてブーツを履き、庭に出る。

レン一家は寒いのが嫌だから寝室でまったりしていると言って、床にゴロンと寝転がっている。スミレも寒いのは苦手なのかシマの近くにいる。

ロキとロック、ラズは寒さに強いようなので、一緒に外に出た。

「空気が冷たいね」

〈そうだね〉

〈まずは薬草を見るのだろう?〉

「うん。スミレ特製の布を二枚がけにしているけど、どうなっているかわからないし」

ラズを肩にのせ、端っこから布を捲って確認する。

中に手を入れたら、外よりも暖かくてホッとした。

見た感じでは萎《しお》れていたり、枯れているような薬草はなかった。

「うん、これなら大丈夫そう」

〈一応、全部見てくる〉

「お願いね、ラズ」

細かいところはラズが確認してくれるので、私たちは別の場所を確認していく。

これから王都ではどれぐらいの量の雪が降るのかわからないけど、大丈夫だろう……

ということで、従魔《じゅうま》たちを連れて家の中に入る。

暖炉に火を熾《おこ》し、鍋に水を入れてから、朝ご飯の支度をする。

「なんにしようか。寒いからスープが必要だろうし」

従魔《じゅうま》たちに尋ねると次々に答えてくれる。

〈甘くて柔らかいパンがいいにゃ〉

「フレンチトーストかな？」

〈〈〈〈それにゃ！〉〉〉〉

「いいよ。他に食べたいものは？」

〈〈ボアの肉！〉〉

〈ヤサイ！〉

〈ラズはマンゴー！〉

「ははは……。わかった」

朝から食欲旺盛だね。特にロキとロックは。

みんなのリクエストで、立派な朝ご飯ができた。

それを食べると、棚を整理したり、在庫を確認したり、開店準備をこなす。

すべて終わったので外の様子を見つつ、暇潰しをする。ふと顔を上げると、窓の外ではまた雪が降り出していた。

「あれ？　また雪が降ってる」

〈雪は寒いにゃ。でも、アタシはあったかいにゃ〉

「うん、そうだね。同じ〝ゆき〟でも、ユキはとっても温かいよ」

スミレはカウンターの上にのって私のほうを向いているし、ユキは私の横に座っている。

今日の店番は、ユキとスミレだ。

〈シュー♪〉

〈にゃーん♪〉


そんなユキの頭を撫でると、喉をゴロゴロと鳴らして嬉しそうに尻尾《しっぽ》を左右に揺らし、手に頭を擦り付けて甘えてきた。

スミレも撫でてあげると脚を畳んでじっとしている。その目は、なんだか嬉しそう。

それにしても暇だ……

「お客さん、来ないねぇ……」

〈寒いからかにゃ?〉

〈サムイノ、ヤダ〉

「そうだね。まあ、部屋の中はあったかいから」

今日は誰も来ないかもなあ……

結局、お昼の閉店間際に三組の冒険者が来たけど、それ以降はお客さんが来ることはなくお店を閉めた。

そんな日が二日ほど続いたあとの、お休みの日。

なんだかんだと雪は降り続き、三十センチほど積もっている。

寒いけど、今日も森に行って遊ぶのだ。

「じゃあ、出発ー！」

ロキの背にのり、西門を出ていつも行く西の森へ。

門の外は町の中以上に雪が積もっているというのに、ロキはものともせずに駆けていく。

そしてあっという間に森に着いた。

森にもしっかり雪が積もっている。

これなら、念願のかまくらが作れるかも！　とテンションが上がる。

「私はここで作るものがあるんだけど、みんなはどうする？」

〈ボクは父ちゃんと狩りをしてくるよ、リンママ〉

〈雪山での狩りは初めてだからな〉

〈我らも少し動き回ってくるにゃー〉

〈うちらもロキと一緒にゃ。ソラとユキに狩りを教えるにゃ〉

〈リンノ、ソバ、イル〉

〈ラズもリンと一緒にいる〉

それぞれやりたいことが決まったので、お昼になったら集合することにして、一旦別行動に。

私はリュックから【家《ハウス》】を出した。

〈リン、なにを作るの？〉

不思議そうな顔をしているラズ。

「かまくらっていう、雪のおうちみたいなのを作るの。雪でできてるけど、結構あったかいんだって。【家《ハウス》】のテントに雪をかけて作れないかなと思って」

〈そうなんだ。ラズも雪をかけていい？〉

「手伝ってくれるの？」

〈もちろん！　スミレは危ないから、リンに掴まってて〉

〈ウン〉

「ありがとう！　じゃあ、一緒にやりますか！」

〈うん！〉

本来の作り方では、大きな雪の塊を作って中をくり抜くらしいんだけど、せっかく

【家《ハウス》】っていう便利なものがあるんだから、それを使わない手はない。

まずは下から始めようと、持ってきたスコップで雪をテントに被せ、固めていく。

ラズにも小さなシャベルを渡したら、私の真似をし始めた。可愛い！

下のほうが終わったら、どんどん上へと雪を積み重ねていく。

一番上は私の身長だと届かないから、ラズにやってもらった。

そして、崩れることがないように雪を分厚くしていくと、かまくらにしてはずいぶん大きなものができてしまった……

まあ、大きな体躯《たいく》をした従魔《じゅうま》が六匹もいるんだから、ちょうどいいかな。

さっそく魔道具のコンロをかまくらの真ん中に置いて、周囲にピクニックでも使った革の敷物と布を敷く。そのうえにクッションを置いて、準備完了。

そしてコンロの上に鍋とフライパンを置くと、食事の準備を始める。

鍋のほうはみんなもよく食べるシチュー。フライパンではじゃがいもと小麦粉を入れて作った、芋餅を焼く。

そういえば、小豆に似た赤い豆——アジュキを煮るのを忘れていた。帰ったら煮よう。

そのためには砂糖を大量に買って帰らないとね。

もち米がまだ見つかっていないからおはぎやぼたもちは作れないけど、別のなにか……お汁粉やお団子ならできるかも！

とりとめもなくそんなことを考えながら、調理する。

シチューが出来上がるころ、レン一家とロキたちが戻ってきた。

〈ラズ、解体を頼む〉

〈我らもにゃー〉

〈わかった〉

ロキたちはビッグホーンディアを、レンたちはシルバーウルフをそれぞれ二体ずつ狩ってきたようだ。

「できたよ～」

ちょうどラズが解体を終えたあたりでシチューも芋餅もできたので、みんなに声をかける。

〈美味しいにゃ！〉

〈もちもちしてるにゃー〉

「熱いから、気をつけて食べるんだよ？　レン、ソラ。もちろん、みんなもね」

〈〈〈〈〈〈〈わかった！〉〉〉〉〉〉〉

みんなと話しながらご飯を食べて、チャイを飲んでまったりする。

午後、ラズとスミレを含めた従魔《じゅうま》たちは、狩りの練習だと言ってかまくらから離れた。

一人残された私は、コンロを片づけ、リュックに入っている薪《まき》や枯れ枝を使って焚き火をする。

なんの音もしない静かな森の中で、ぱちぱちと薪《まき》の弾ける音がする。

いつも従魔《じゅうま》たちや『フライハイト』の誰か、エアハルトさんの家に住む誰かがいるから、まったくの一人っていうのはこの世界に来たとき以来だ。

「もう半年以上も経つ、のかあ……」

この世界に来て、半年以上。なんだかあっという間だった。

ずっとバタバタしていたけど、こんなふうに穏やかに過ごすのも悪くない。

特に最近は、考えることが多くてなかなかゆっくりすることができていなかったから、今みたいな時間は凄く貴重だ。

実はずっと、渡り人に隠れるように、転生者の存在が見え隠れしているのが気になっているんだよね。

新しい知識やレシピ……どこかに転生者がいるとしか思えないものが多いのだ。

従魔《じゅうま》たちがいるところで考え込むと心配するから、できるだけ考えないようにしているけど……結局は寝る前に考えてしまって、寝不足になることもある。

何度も思った。渡り人に会うのは無理でも、転生者になら会えるんじゃないかって。会って話してみたいって。それが日本人だったならば、なおさら話したいと強く強く願う私がいる。

きっと、この世界に浸透した〝リン〟としてではなく、〝優衣〟として話したいんだろう。今の生活も楽しいけど、それとは別に日本が懐かしくなってきているのだ。私は。

はあ……と溜息にも似た息を吐き出し、考えてもしょうがないと気持ちを切り替える。

それに、特別ダンジョンでラズとスミレが採取してきた薬草を使って、実験してみたいこともあったんだよね。

薬草を出し、じっくり眺め、作業を進める。

出来上がったのは女神酒《アムリタ》と呼ばれるポーションだ。

効果は神酒《ソーマ》よりも劣るけど、それでも凄い効果《もの》。神酒《ソーマ》に劣るからこそ、売ろうとは考えなかった。なくなった部位を治すものではないしね。

【女神酒《アムリタ》】レベル5
傷を治す薬
最上級のポーション

その名の通り、女神が飲む酒といわれている
これを一口飲むか傷口に少量かけると、傷が治る
MPが全回復以上に回復する
適正買取価格：三百万エン
適正販売価格：四百五十万エン

一度アントス様のところで作ったから知っていたけど……全回復以上に回復するってなにさ⁉

やっぱりこれはお店に出せないなあ……なんて思い、実験を続ける。

そして、試しに神酒《ソーマ》と混ぜてみたら、とんでもないものができてしまったのだ。

【復活薬《リザレクション》】レベル5
死者を蘇生する薬
その名前の通り、死者を蘇生するポーション
死亡から一時間以内にかけると、死者が蘇る
適正買取価格：七千億エン

適正販売価格：九千五百億エン

は？　え…………………!?　ダメなやつができてしまった!!

「やっちゃった!!」

どうしよう……どうやって処分しよう……

一番安全なのはツクヨミ様かアントス様に渡すことだけど……

神様たちと会う手段がわからない。

いっそのこと捨ててしまいたいけど、下手にこんなところに撒《ま》いて、アンデッドが出てしまったら最悪だ。

よし、とりあえず今は、リュックの奥深くに封印しよう。

もし再び神様たちに出会うことができたなら、そのときに渡そう。

私はなにも作っていない、見ていない。

誰もいなくてよかった……と冷や汗を掻きつつ、従魔《じゅうま》たちが帰ってこないうちにリュックにしまったのだった。

そしてみんなが帰ってきたので、何食わぬ顔で狩りの成果を見せてもらった。

今回はロキたちがホワイトベアを三体、レンたちがビッグボアを一体とシルバーウルフを二体狩ってきた。

ベアの内臓はポーションの材料として、ボアのお肉は食材として確保し、それ以外の素材や魔石はギルドに売ることに。

まだまだ明るいけど、冬は日が暮れるのが早い。

火を消し、かまくらを崩して家に帰る準備をする。

せっかく作ったかまくらを崩すのは勿体ないけど、この世界にないものだったら困るから、証拠隠滅だけはしておかないとね。

またやらかしそうで怖いよ……

それはともかく、また雪が降り始めたので、すぐに王都へと帰る。

冒険者ギルドと商人ギルドに寄り、いらない素材を全部売った。

シルバーウルフの毛皮は、ユーリアさんが欲しがっていたので、半分だけ売って残りは渡すことに。ユーリアさんに渡したらとても喜んでくれたうえに、買い取ってくれた。

この毛皮で、グレイさんとお揃いのコートを作るんだそうだ。

お揃いとか……リア充爆発しろ！

そしてその日の夜、夢を見た。

教会で祈れば、アントス様たちにまた会えるという夢を。

不思議な夢だなあって思ったけど、もしかして正夢かも……と、翌朝教会に行ってみることに。

西地区の教会は南北に伸びている大通りに面しているそうなので、護衛として従魔《じゅうま》たちみんなを連れ、散歩がてら出かける。

「みんな、準備できた？」

〈〈〈〈〈〈もちろん！〉〉〉〉〉〉

「じゃあ、教会に行こうか」

途中で顔見知りの冒険者に会ったり、少なくなってきた日用品を帰りに買わないと……なんて考えたりしつつ、歩くこと十五分。山型の赤い屋根が三つある教会に着いた。

教会の壁は白く、屋根に近い部分にある窓は丸い。

その丸窓は模様のついた色ガラスだから、もしかしたらステンドグラスなのかもしれない。

そして真ん中にある、両開きになっている木のドアが出入り口になっているのか、そこから人々が出入りしていた。

「さて……行きますか」

その場でじっと観察していても始まらないからと、教会の前まで行く。

従魔《じゅうま》たちを怖がる人もいるかもしれないから、人が途切れた隙間を狙ってドアを開けた。

教会の中には収穫祭のときに見た、教皇様と似たような銀色の刺繍《ししゅう》が入った白いローブ姿の男性がいた。ライトグリーンの髪の色に、尖った耳、きっとエルフ族の人なんだろう。

目が合ったので、思い切ってその人に話しかける。

「あの、すみません。こちらに来るのは初めてなので、教えていただきたいんです。大型の従魔《じゅうま》たちがいるんですけど、一緒に中に入ることはできますか？」

「ええ、大丈夫ですよ。こちらにどうぞ」

「ありがとうございます」

呼び方がわからないけど、たぶん神官さんかな？　従魔《じゅうま》たちと一緒に彼のあとをついていく。

教会の中は大きな窓から降り注ぐ太陽の光で満ち溢《あふ》れている。

天井からは、縦長の赤い布地に金糸で刺繍《ししゅう》が施された、垂れ幕みたいなものがぶら下がっている。

刺繍《ししゅう》された模様はこの国の紋章《もんしょう》である剣を咥えた獅子と、もうひとつは不思議な雰囲気の紋章《もんしょう》だ。もしかしたら教会の紋章《もんしょう》なのかもしれない。

神官さんに案内された場所は、メインの礼拝堂から少し外れた空間だった。

どうやらここは従魔《じゅうま》を連れている人が来る場所で、従魔《じゅうま》に慣れていない人が怖がって騒がないよう、配慮されているそうだ。なるほど～。

ここからも、天井に届くほど大きな神様の像が見えるようになっている。

石像だから髪の色はわからないけど……顔はアントス様にそっくりだった。

どうやってアントス様の顔を知ったのか、知りたいような知りたくないような……

まあいっかと、他の人をお手本にして席に座り、手を組んで祈る。

従魔《じゅうま》たちもおとなしく私の近くの床や長椅子に座ってくれている。

――神様たち、いつもありがとうございます。この世界で楽しく過ごせています。

そう祈ったときだった。周囲にふわりと風が吹き、浮遊感に襲われる。

「へっ⁉」

〈リン、大丈夫か⁉〉

とっさに目を瞑《つぶ》った私に、ロキが心配そうに声をかけてくれたんだけど……

目を開けてびっくり、私たちがいたのは最初にこの世界に来たときに、神様たちと話した場所。

しかも、テーブルにはツクヨミ様ととても美人な黒髪の女性が座っていて、アントス様はまたもや土下座していたんだから！

「ええっと……アントス様？　なんでそんな格好を……」

「よく来ましたね、優衣。さあ、そこのバカは放っておいて、こちらにいらっしゃいな。一緒にいる従魔《じゅうま》たちもね」

アントス様が話し出すより先に、黒髪の女性が私たちに話しかけてきた。

この場所にいるということは、たぶん日本の神様のうちの一柱なのだろう。

だって、私のことを〝優衣〟と、本名で呼んでくれたしね。

「さあ、こちらへどうぞ」

「ありがとうございます。あの……間違っていたらすみません。アマテラス様でしょうか」

「ふふ、正解よ。はじめまして、優衣」

「は、はじめまして！　あの、いつもありがとうございます！　御守り、大切にしています！」

「こちらこそありがとう。優衣の祈りは、わたくしたちにきちんと届いていますよ」

優しい笑みを向けてくださるアマテラス様のご尊顔が、とても眩しい。

本当にすっごく美人で、ボンッキュッボンッという、スタイル抜群でいらっしゃいます！

これぞまさに拝みたくなるような美貌《びぼう》！　実際に拝んでいるけどね！

「教会に来てくれてよかったわ。優衣に諸々の事情を説明したいと思っていても、その手立てがなかったのですもの」

ホッとしたような表情のアマテラス様。

「申し訳ありませんでした。どうしたら神様たちにお会いできるのかわからなくて……」

「仕方がありません。すべてはそこで土下座をしている、おバカさん《アントス》がきちんと説明しなかったせいですからね」

冷ややかな視線でアントス様を見つめながら言うツクヨミ様。

「さあ、そこのバカに説明してもらうわ。いいわね？　アントス」

「はっ、はいぃぃぃっ！」

アマテラス様の言葉に、アントス様がビシッ！　と背筋を伸ばして、素早く立ち上がる。

その顔は、なぜか腫れあがっていた。

笑っちゃいけないんだけどさ……なにがあったのかな⁉

「あ、あの……アントス様の顔って……」

「ああ、またミスをしたのが発覚しましてね。その罰です」

さらっと言い放つツクヨミ様。

「……はい？」

「優衣には説明しなければいけないことや、謝らなければいけないことがありまして……。まず、ゼーバルシュと地球は微妙に時間軸がずれていて、尚且つ次元が違います」

そう前置きして話してくれたのは、私には理解することができないほど、複雑な話だった。

簡単に纏《まと》めると、ふたつの世界は、一日の時間は同じ二十四時間でも、時間軸と次元が違うせいで進む速さが違うんだそうだ。

ゼーバルシュのほうが遅いんだって。

なので、こっちでは半年しか経っていなくても、地球では何十年、何百年も経っている……なんてこともあるらしい。

うーん難しい。

他にもいろいろと気になっていたことを聞くと、凄く重要なことが判明した。

なんと、本来ならばタンネの町に着いた時点で転生者に出会うはずだったらしい。

アントス様がやらかした関係で、会うことができなかったんだけど……

やっぱり転生者がいるんだ！

「神にもルールがあって、〝誰が転生者なのか〟というのは、わたくしたちから話すことはできないの。ごめんなさい……」

申し訳なさそうな表情をしているアマテラス様。

「それは仕方がないです。それに、転生者がいるとわかっただけでも嬉しいんです、私。いつか会えるかもしれないし、その人がもし日本人だったのなら、日本のことを話せるかもしれないから」

アマテラス様が転生者の存在を把握している以上、転生者は日本人のような気がする。そうだったら嬉しいな。

そんな私たちの話を聞いて、従魔《じゅうま》たちがとっても不思議そうな顔をしている。

意を決して、私はアントス様のせいでこの世界に落ちてきた渡り人だと従魔《じゅうま》たちに話すことに。

従魔《じゅうま》たちは、私が異世界の人間だということに、衝撃を受けていた。

だけど、驚いただけで私を嫌うようなことはなく、むしろ心配そうな顔をしてすり寄ってきてくれたくらいだ。それだけで、私は嬉しかった。

もしかしたらみんなに嫌われて、もう一緒にいられなくなるんじゃないかと思っていたから。

それがなくなったと安心したら、ちょっとだけ涙が出た。

転生者の話に気をとられて忘れそうになっていたけれど、一番重要なヤバいものがリュックの中にあることを思い出した。

そして恐る恐る、復活薬《リザレクション》をアントス様たちの前に差し出す。

「なんか、作っちゃいけないものを作ったみたいで……」

「そうだね。人が持っていてよいものではないね」

アントス様の言葉に、やっぱりやっちまった！　と思う。

「リンが夢に従って来てくれて助かったよ。それを回収しようと思っていたから」

「おおう……」

復活薬《リザレクション》は即座にアントス様に回収されたのは言うまでもない。

そして女神酒《アムリタ》に関しても、神酒《ソーマ》があるから、売らないほうがいいだろうと言われた。

もしかしたら私と同じように、女神酒《アムリタ》と神酒《ソーマ》を混ぜてみようと考える人が出てくるかもしれないから。

復活薬《リザレクション》は戦争の道具にされかねないし、それはアントス様の望みに反するそうだ。

「復活薬《リザレクション》は無駄な争いを生むだろう。それに、何回も復活すると魂が磨耗《まもう》して、いずれは転生できなくなってしまうんだ」

　真剣な表情のアントス様。

「そう。復活薬《リザレクション》はなにも生み出さないわ。だからこそ、復活薬《リザレクション》は誰にも作れないし、レシピも存在しないの」

「作っちゃいましたけど、スマホに情報がのったりしませんか？」

　アマテラス様も腕を組みながら頷いている。

「そこは大丈夫よ。それに、スマホ自体も優衣にしか見られないんだもの、安心安全ではあるわね」

「ただ、復活薬《リザレクション》に関する話は、口に出せないようにさせてもらうね。記憶を消してもいいけど、女神酒《アムリタ》を作れる以上、また同じことをするだろう」

　アントス様の言葉に頷く。

「たぶんやります、私なら。どうせなら、女神酒《アムリタ》に関しても話せないようにしてもらえませんか？　なんか口を滑らせそうで、怖いんです」

「そうしよう。ちなみに作れなくすることはできないよ？　過去に作った者がいるからね」

「だからレシピが存在しているんですね」

「ただ、過去の薬師は女神酒《アムリタ》か神酒《ソーマ》のどちらかしか作れなかったから、両方を混ぜるという発想もなかったんだ。女神酒《アムリタ》と神酒《ソーマ》、それぞれを作れる薬師は同じ時代にいたけれども、大陸自体が違ったから、どのみち復活薬《リザレクション》が作られることはなかったんだ」

おおう……本当に私はやらかしてしまったんだね！　マジで教会に来てよかったよ！

二度としませんと誓い、お詫びにとブルーベリージャムやナッツクッキー、ブルーベリータルトをたくさん渡したら、喜んでくれた。

あと、他にもいろいろ教えてもらったよ。

中級ダンジョンで出た大鎌の件とか、調理器具のこととか。

まず、中級ダンジョンで出た大鎌に関しては、仕様とのことだった。中級ではラスボスを倒すと、その人が得意とする武器か防具、適性職業の武器が必ず出るんだって。

そして調理器具は、上級西ダンジョンの中ボスを倒すと、その人がそのときに欲しいものが出るような仕様になっているらしい。

くそう、知っていたら、ミンサーや削り器を希望していたかもしれないのに！

まあ、料理人さんに両方もらったからいいんだけどさ。

「もしかして、地球にある便利な調理器具って、ダンジョンからしか出ない……なんてことはありませんよね？」

ふと気になったことをアントス様に尋ねる。

「ええ、そういう仕様にしてあります」

「やっぱり！　そんなことしてるから、レシピが広範囲に広がらないんじゃないですか！　泡だて器だって未だに見ていないですし！」

「泡だて器は他の大陸にあるから、特別にリンにあげちゃうよ～！」

どうして、のんきに『特別にあげちゃうよ～！』とか言ってるのかな⁉　アントス様は！

「「「あげちゃうよ～、じゃなーい‼」」」

それはアマテラス様とツクヨミ様も思ったようで、見事に三人でハモった。

「他に言い忘れたことはないですよね？」

「たぶん……」

いまいちアントス様の言葉は信用できないな～。

他にもなにか気になることが出てきたら、また教会に来て質問しよう。

そしてなにかを思い出したのか、アマテラス様がとんでもないことを言い出した。

「優衣、まだ時間は大丈夫そうだから、従魔《じゅうま》たちと一緒に戦闘訓練をしない？」

「え……」

「俺がみっちり、大鎌の使い方を仕込んで、従魔《じゅうま》たちを指導してやるぞ？」

いきなり声がしたと思いきや、短髪で筋肉が凄い男性が現れた。

お名前を聞くと、なんと、スサノオ様だと仰った。

そんな方と戦闘訓練だなんて恐れ多いと辞退したんだけど、従魔《じゅうま》たちと一緒にいたいなら、私自身のレベルも上げないとダメだと言われてしまった。

そんなふうに言われてしまうと、私にはどうすることもできなくて……

横暴だー！　と叫んだところで、神様相手に勝てるわけもなく、がっくりと項垂《うなだ》れた。

結局、アントス様が出した本物そっくりのいろんな影の魔物たちと戦闘をして、ヴォーパル・サイズとデスサイズのレベルとランク上げ、私と従魔《じゅうま》たちのレベル上げをした。

当然のことながら、私と従魔《じゅうま》たちとの連携訓練もすることになって、終わるころにはなにも言わなくても、きちんと連携できるようになった。

これなら従魔《じゅうま》たちと私だけでダンジョンに潜っても大丈夫だと、スサノオ様にも太鼓《たいこ》判《ばん》を押してもらえた。

そんなこんなでたくさん戦闘した結果、ラズが十、他の従魔《じゅうま》たちがひとつかふたつ、私は一気に二十もレベルが上がった。

いきなりレベルが百十になるなんて、上がりすぎでしょ！

それに、ヴォーパル・サイズとデスサイズも固有《ユニーク》に成長していて、エアハルトさんたちやゴルドさんにどうやって言い訳をしようか悩む羽目になってしまった。

上がったのは嬉しいけど、複雑だよ……。

肉体的には疲れていなかったけど精神的にゴリゴリと削られ、そろそろ戻ろうと教会まで送ってもらったときには溜息をついてしまった。

それもあって朝食を作る気にもなれず、屋台で串焼きやスープを買って帰ると、玄関にエアハルトさんがいた。

「リン、来週から北ダンジョンに潜ろうと思うんだが、どうだ？」

「あ〜、私は無理です。年末まで休みがないんですよ」

「しまった……すっかり忘れていた」

「私は構わないので、みなさんで行ってきてください。薬草や果物のお土産を楽しみにしてます」

来週から年末にかけて、長期間の休みがなくなる。あるのはいつもの定休日だけだ。

その分年末のお休みは一週間から一ヶ月以内と、しっかり取ることができる。

年末のお休みは帰郷する人が多いから、みんな長めに取ることがほとんどなのだとか。

メンバーのみなさんも実家に帰ると言っていた。

エアハルトさんとグレイさん、ユーリアさんには実家に遊びにおいでと誘われたけど、丁重にお断りした。みんなはがっかりしていたけど、たまには貴族とは関係ないところでゆっくりしたい。

マルクさんにも誘われたけどこちらも丁重にお断り。ついでに勉強に関しても、貴族ではないからときっぱり断った。

手紙も長いこと出していない。最近、冬支度で忙しかったしね。

不敬罪が怖いけど……まあいいか。

せっかくのお休みだし、場合によっては隣町まで行ってもいいし、家でまったりしてもいい。

そこは従魔《じゅうま》たちと相談しながら、のんびり過ごそうと思った。

あっという間に十三月も終わりに近づき、残り一週間で新年が来る。

ゴルドさんによると、この通りのお店は明日から一ヶ月間のお休みになるのです。

うーん……長い。その間、なにをしよう?

冒険者たちも年内最後の営業とあってか、ハイ系やハイパー系、万能薬を最大限に買っていく。

中にはダンジョンに潜って年を越すんだと言って、念のためにと神酒《ソーマ》を買っていくパーティーもいた。なんというか……豪快だなあ。

『フライハイト』のメンバーは『蒼《あお》き槍《やり》』と一緒に北にある上級ダンジョンに潜っていて、今日帰ってくる予定だ。

一日休養したらそれぞれの実家に戻り、年越しして新年を祝うんだって。

いわゆる三が日は家でゆっくり過ごし、それ以降にパーティーなどを開いて新年の挨拶をするのが、この国の貴族のしきたりだそうだ。

挨拶代わりにパーティーを開くって……さすが貴族だよね。

私は教会で祈りを捧げて新年のご挨拶をしようと思っている。

その前に掃除をしないとね！　といっても、魔法で一発なんだけどさ。

まずは、今日の営業を終わらせないとなにも始まらないので、頑張ります！

「どれと交換しますか？」

「うーん……ハイMPで頼む」

「わかりました。どうぞ」

瓶とハイMPポーションを交換する。この仕組みもかなり浸透してきた。

その後もポーションや薬、マスクを買っていく冒険者と話をしたり、棚の整理をしたり。

そんなことをしている間に、お昼となった。

お昼ご飯を食べたあとは、補充分のポーション作りだけど、【無限収納《インベントリ》】があるとはいえ、できるだけ在庫は持ちたくない。

なにせ一ヶ月も休みになるのだ……品質は変わらないとはいえ、一応期限があるから、できるだけ手元に残したくない。

「神酒《ソーマ》は二十本あるから作らなくていいかな。ハイパー系が微妙だけど、どうしよう……」

〈足りないと困るから、作ったら？〉

〈冒険者に文句を言われるよりはいいにゃ〉

「そっか……そうだね。じゃあ作るね」

ラズとレンが促してくれたので、素直に頷く。ハイパー系の在庫は三十本だけど、午前中だけでも、五十本出ているし、念のためにあと五十本作ることにした。

一番数が出るハイ系はどっちも百本近く在庫があるから平気だし、万能薬もまだ余裕があるので、作らなくても大丈夫そうだ。

諸々の準備をしたあと再び店を開けると、午前中と同じように冒険者が来てはポーションを買っていく。

それなりに忙しいけど従魔《じゅうま》たち全員が協力して、冒険者がイライラしないよう相手をしてくれたり、作業を手伝ってくれてとても助かっている。

特にラズが袋詰めをしていることに驚いている人が多くて、「とても器用で、扉も開けるんです」と話すと、みなさん笑ってくれた。

従魔《じゅうま》たちが愛想を振り撒《ま》いてくれたおかげもあり、終始和やかに営業できたし、なんとかなった。

といってもみんな相変わらず、女性冒険者たちに毛並みを触らせるようなことはしなかったけどね！

なんだかんだで夕方になり、冒険者が途切れたときにエアハルトさんたちが帰ってきた。

「お帰りなさい。北のダンジョンはどうでしたか？」

「リンを連れていけばよかった」

「いい食材や薬草、果物を持ち帰ってきたから、あとでお土産に渡すよ」

いい笑顔のエアハルトさんとグレイさん。

「わ～！　ありがとうございます！　まず、薬草の買い取りですか？」

「ええ。いっぱいありますのよ？」

ユーリアさんは袋いっぱいに薬草を持っている。

「それは楽しみです！」

アレクさんは先に拠点に戻ったとかで、この場にはいない。

薬草やディア種の内臓をたくさん買い取り、拠点で一緒に夕飯を食べる約束をして一旦解散。

さっそく買い取った薬草などを作業部屋に持っていき、乾燥させる薬草は麻紐でくくって吊るし、内臓は処理して瓶に詰めた。

私の場合、乾燥させようと生のままだろうと、処理をしてもしなくても作ったときの効果は変わらないんだけど、万が一他の人に見られたとき「きちんと薬師をしている」と言えるよう、対処している。

なんともセコい理由だけど、他の薬師と違って魔力だけで作っているチートな薬師だと言えない以上、仕方がない。

そんな事情はともかく、処理が終わったので拠点へと行き、みんなから北の上級ダンジョンの話を聞いた。

果物は特に変わらないけど、魔物はディア種とブラックバイソンにホワイトバイソン、デスタラテクトとワイバーンとスライムが出るんだって。

おお、ワイバーンのお肉はここで採れるのか！

今度行ってみたいなあ……どんな薬草が採取できるのか、興味があるし。

「あと、コメに似たものがあったから同じように炊いてみたんだが、コメよりも粘りが強くてな」

「リンはなにか知らないかしら」

グレイさんとユーリアさんが五キロはありそうな麻袋を開き、中を見せてくれた。

お米よりも白くて、小さな粒。

「もしかして……もち米⁉」

慌てて【アナライズ】を発動させると、やっぱりもち米と書いてありました。

ちょうど欲しいなぁと思っていたから、喜んでいたら、みんなに生温《なまあたた》かい視線をもらってしまった。なんでよ！

「モチゴメというのか。どうやって食べるんだ？」

「おこわという炊き込みご飯にして食べます」

「オコワか……」

「炊いてみましょうか？」

「「「是非！」」」

炊き方にコツがいるだけで、基本的にはお米と変わらないと説明し、五目おこわを作ることにした。炊くときに蒸気を使うと言うと、驚かれました！

『フライハイト』のメンバーもハンスさんも興味津々なのか、私の作業をじっと見ている。

ハンスさんに至っては、メモまで用意しているよ……。さすが料理人！

大きな鍋の底に深めのお皿を敷いてから水を入れ、火にかける。ちゃんとした蒸し器なんてないから、お皿で代用するのだ。

今度、ゴルドさんに蒸し器を作ってもらおうかな。また変なものを……って言われそう。

蒸気が出てきたら、綺麗な白い布を敷いて、そのうえに炒めたおこわの具ともち米を入れたお皿をのせ、布を被せて三十分から四十分蒸す。

きちんと説明したし、みなさんしっかり私の手元を見て作業工程を覚えてくれていたから、これならレシピが欲しいって言われなくて済みそう！　なんて思ってたんだけど……

「リン、レ……」

「レシピは渡しませんよ？　みなさん見ていたんですから」

「「「……」」」

なにも言えない、といった表情のみなさん。

「頑張って思い出してくださいね～」

毎回渡していてもキリがないから厳しくいきます。

なにより、ハンスさんは料理しながら、ちゃんとメモを取っていたじゃないか。

まあ、みなさんは料理人じゃないし、どうしても食べたいならハンスさんに作ってもらうか、出張してもらえばいいだけだと思う。

私は行かないからね？　貴族はもうお腹いっぱいです。

そんなこんなでおこわを蒸している間に、ハンスさんが魚の照り焼きやサラダ、オーク汁を作ってくれた。

おこわが完成してからは、美味しいご飯を食べながらダンジョンでの話をたっぷり聞いたのだった。

店が休みだったら是非一緒に行きたかったけど、レベルが上がったのがバレても困るし、結果としては行かなくてよかったのかもしれない。

だって本当のことが言えない以上、説明に困るしね。

お肉などのお土産の他に、帰りにもち米を大量にもらった。

「じゃあ、また来年な」

みんなに頭を撫でられて、またなと言われる。

よいお年を！　という言葉はないので、「また来年」って言葉で別れたんだけど……

だーかーらー！　私はそんな子どもじゃなーい！

お休みの期間に入って三日が経った。

お休みの間、なにをするか迷っていたんだけど、まずは店舗も含めた家中を掃除したよ。

もちろん毎日掃除をしているけど、やっぱり年末に掃除をすると気分的に違う。

時間もできたし、今日を含めてあと四日で年が明けるので、新年に向けてお餅を作ろうと思う。

せっかくもち米をもらったし、いろいろ作れたらいいな。

まずは、もち米を蒸してお餅をつく準備をする。臼《うす》や杵《きね》はないから他のものを使います！

せっかくだから鏡餅を作り、店や寝室、キッチンなどに飾った。

橙《だいだい》の代わりにダンジョン産のみかんを上にのせたら、それっぽくなったよ〜。

休み期間中に鏡開きが来るから、誰かに見られる心配もない。

他にもアジュキを煮てお汁粉を作ったので、従魔《じゅうま》たちと味見をしてみたら、とっても美味しかった！

そして、残ったお餅は乾燥させた枝豆と塩を混ぜ入れ、平べったいコッペパンのような形に成形する。それを二日ほど寝かせておくと、美味しい豆餅ができると教えてくれたのは、私が預けられていた施設があった町内会のお爺さんやお婆さんたちだ。

毎年、楽しみにしていた私たちのために、餅つきに来てくれていたのです。

参加者は町内会の人や施設にいた子ども、あと隣にあった病院の院長先生と看護師でもある奥さん。先生たちは週に二回施設に様子を見に来てくれて、体調が悪い子には薬を処方してくれた。

先生たちも町内会の人たちも、元気かなあ。

……案外、転生していたりして。それはないか。

転生者がいると知ってから、どうしても自分が知っている人たちを思い浮かべてしまう。

彼らに会いたいなあ……

転生者や日本のことを考えると時間がいくらあっても足りない。

気分転換に外に出かけようかな。

商会は明日からお休みだから、今のうちに買い物に行こうとみんなを誘う。

ラズとスミレ、ロックが一緒に来てくれるというのでお願いした。

他のみんなは留守番をしているそうだ。

商会でアジュキとお米、もち米が売られていたので、砂糖と一緒に購入。

他にも店長さんに買ってほしいとお願いされた薬草やスパイス、ハーブ類などを買って、家に戻る。結構な量を買ったのでお休みの間に食材がなくなることはないだろう。

商会は一週間したら店を開けると言っていたしね。

夕飯はみんながリクエストしてくれた、キノコの炊き込みご飯。

おかずはブラックバイソンのお肉を使ったローストビーフとホーレン草のおひたし、サラダと大根のお味噌汁。デザートにはブルーベリータルトを作ってみた。

休み中はどこに行こうかと従魔《じゅうま》たちと話しながら、ご飯を食べる。


そして大晦日にあたる日は窓際で祈りを捧げ、神様にご挨拶をした。

――今年はいろいろと大変なことがあったけど、なんとか無事に過ごせました。家族となってくれた従魔《じゅうま》たちや『フライハイト』のメンバーに出会えて、嬉しいです。

――そしてアマテラス様やツクヨミ様、スサノオ様をはじめとした日本の神様たちに感謝します。

心の中でそう呟き、従魔《じゅうま》たちと眠りについた。

元旦には、教会に行って神様たちに感謝を捧げると同時に、近所の方へ新年のご挨拶。

新年は神様も宴会をするって話を聞いたことがあるから、忙しいのだろう……アントス様を含めた神様たちと、会うことはできなかった。

三が日は自宅に籠って、それが過ぎたら森かダンジョンに行ってみようと思っている。

まったりもいいけど、従魔《じゅうま》たちと思いっきり遊ぶのも楽しいからね。

「今年もよろしくね、みんな」

〈〈〈〈〈〈〈よろしくー!〉〉〉〉〉〉〉

一匹ずつ撫でたりもふったりして、家の中でまったり過ごす。

たまにはこんな日があっても、罰は当たらないよね!

三が日はずっと雪が降っていたので、暇を見つけて雪かきをした。

雪だるまのようなものはないのかなあ……と思って通りを覗いてみたら、作っているおうちがあったので驚く。

伝えたのは、たぶん渡り人か転生者なんだろう。

だって、日本でよく見た雪だるまにそっくりなんだもん!

その姿を見て、なんだか懐かしくなってしまった。

うちの庭は普通の雪だるまだけじゃなくて、従魔《じゅうま》たちをデフォルメしたものを作ってみた。

上手ってわけじゃないけど、特徴は捉えていると思う。

みんなが喜んでくれたから、よしとしよう。

第三章　温泉旅行とトラブル

新年が明けて一週間が過ぎたころ、エアハルトさんたちが戻ってきた。

なんだか顔がげっそりとやつれていたのは、どうしてだろう。

「「「今年もよろしく！」」」

「こちらこそ、今年もよろしくお願いします。なんだかみなさんお疲れのようですけど……。特にエアハルトさんとアレクさん、大丈夫ですか？」

「ああ……ずっと茶会だ夜会だといろいろあってな。出たくなかったんだが、新年は招待状が来ている以上、出席しないとまずいし。特に王城で開かれる夜会は、欠席できなくてな……」

げんなりとした表情のエアハルトさん。

「僕はとっくに家を出て、冒険者になったと伝えているのですが……はぁ……」

アレクさんも今まで見たことがないような疲れきった顔をしている。

「エアハルトもアレクも独身だからね。女性がたくさん群がっていたんだ」

相変わらず爽やかな様子のグレイさん。

「ああ……納得です。お二人とも素敵ですもんね。世の女性がほっとかないと思いますし」

エアハルトさんもアレクさんも、イケメンだ。

エアハルトさんはワイルド系、アレクさんは優しい系というのかな？　そんな感じのイケメン。

だからモテるのはわかるんだけど……エアハルトさんが女性たちに囲まれているのを想像したら、なんだかモヤモヤする。なんでだろう？

「いい人はいましたか？」

「リン……本気で言っているのかい？」

苦笑いをしながらエアハルトさんが言った。

「え？　どうしてですか？」

「リンは鈍いんですのね……」

なんだか呆れた様子のユーリアさん。

「そりゃあ運動神経はないですけど、最近はレベルが上がったからなのか、前以上に動けるようになりましたよ？」

四人に「そういうことじゃない！」と言われ、なぜか溜息をつかれた。

さっぱりわからないんだけど、なんで⁉

「まあ、それは置いといて。明後日くらいからちょっとした旅行に行こうと思うんだが、どうだ？」

エアハルトさんが爽やかな笑顔を向けてくる。

「行きたいです！　でも、どこに行くんですか？」

「馬車で二日行ったところに、温泉が湧き出ている町があってな。疲れを癒すために、そこに行こうと思っているんだ」

「温泉！　行ってみたいです！　従魔《じゅうま》たちは泊まれますか？」

「ああ、もちろん大丈夫だ。従魔《じゅうま》たちも一緒に泊まれる宿があるからな」

ゼーバルシュにも温泉があるんだね！　しかも温泉宿なんて、日本にいたときも一回しか泊まったことないよ！　どんなところかな？　楽しみ！

お昼ご飯を食べながら、具体的なことを話し合い、拠点をあとにした。

旅行なんて、久しぶりだなあ。準備の段階でさえとても楽しい。

雪景色を眺められるといいなあ……。

それから二日後、私たちは温泉に向かって出発した。馬車は西門を出て、北の方向へと進んでいく。今回もスヴァルトルとセランデルが馬車を引く。

街道は思っていたよりも雪が少なくて、スイスイ進むから快適だ。

目的の温泉街までは馬車で二日ほどかかる。

そして、道中に町や村が少ないから街道に作られている休憩所で一泊するんだって。

なので、馬車を走らせながら、休憩所での役割分担を話し合っているところなのだ。

「昼は誰が作る？」

「では、僕が作りましょう。ポトフを作ってみたいのです」

「じゃあ、昼はアレクに任せる。夜は……」

「わたくしが作りますわ。そのまま火の番をしてもいいですわよ？」

「すまん、ユーリア。それで頼む。火の番は、ユーリアとグレイ、アレクと俺、リンと従魔《じゅうま》たちの順で、三時間ごとの交代でいいか？」

エアハルトさんの提案に、全員で頷く。

街道はダンジョンのセーフティーエリアに比べて危険な場所なので、今回は二人ずつペアになって野営です。

結界が張られているとはいえなにがあるかわからないし、夜盗や盗賊が出て襲われる可能性だってあるのだ。休憩所には魔物除けの結界しか張っていないからね。

テントを張る場合は、火を囲むようにして張るんだって。

雪もあって外はかなり寒いから、火も絶やさないようにして気をつけないと。

ダンジョンとは違ういろんな注意点などを教わり、まずは一回目の休憩。

スヴァルトルとセランデルに水を飲ませて、私たちも少しゆっくりするのだ。トイレ事情もあるしね。

暖を取るためにアレクさんがチャイを淹れてくれたので、火を囲みながらそれを飲む。

本当に美味しいなあ、アレクさんが淹れてくれたお茶って。

味も日本で飲んだ本格的なものに近いし、どんどん腕を上げているのはさすが元本職です！

一息ついたあとは今夜過ごす予定の休憩所を目指して出発する。お昼はそこで食べることになっているのだ。

御者はアレクさん、エアハルトさん、グレイさんが順番で担当。さっきの休憩まではアレクさん、今はエアハルトさんが御者をしている。

たまには外を見たいからと、エアハルトさんの横に座らせてもらった。

「寒くないか？」

「大丈夫です。あったかいですよね、レッドウルフの毛皮で作ったコートって」

「気に入ってくれたならよかった」

エアハルトさんを含めた私たちは、レッドウルフの毛皮で、敷物だけじゃなくお揃いのコートまで作ってしまった。

色はそれぞれで好きなものにしたけど、素材はどれも一緒で、レッドウルフとスパイダーシルクで織った裏地が縫いつけられている。

というか、いつの間に頼んだのかな？　色を聞かれたときはなんとも思わなかったけど、コートを作っているなんて知らなかったよ！

「このあたりはなにが採れるんですか？」

「薬草と野草はもちろんだが、キノコやリンゴ、ユーレモが採れる。ユーレモ以外はダンジョンのようにいつでも採れるというわけではないが、ダンジョンに潜れない者からすると、冬場の貴重な食材となるんだ」

「そうなんですね。たしかに、全員がダンジョンに潜れるわけでもないですしね」

ダンジョンに自由に潜ることができるのは冒険者だけだ。薬師や医師など特殊な職業の人は護衛がいないと入ることができない。

だからこそ、地上で採ることができる食材は重宝されているという。

ちなみにユーレモとは柚子とレモンの中間のような味がする果物で、よく果実水として飲まれている。

これは地上で唯一、一年中採れる不思議な果物なんだって。

「ああ。他には、ココッコという飛べない鳥を飼っている村や町があるんだ。これから行く温泉街もココッコの卵や肉を扱っていて、肉を使った料理や温泉卵とやらが美味しいぞ？」

「温泉卵⁉　わあ、食べたいです！」

「ははっ！　宿に着いたら頼むか、屋台で買えばいい」

「はい！」

まさか、この世界にも温泉卵があるとは思わなかった。楽しみだなあ。

エアハルトさんと話しているうちに休憩所に着いたので、ご飯です。

商人とその護衛かな？　私たち以外にも旅をしている人がいるようで、休憩所には同じ紋章《もんしょう》が入った馬車と荷台が何台か停まっていた。

数が多いのと従魔《じゅうま》たちの種族が珍しいからなのかガン見されたけど、知らん顔をして端っこに寄り、ご飯の準備をするアレクさんを手伝う。

ただ、彼らに対して従魔《じゅうま》たちと男性陣がすっごく警戒しているのが気になる。なにかあるんだろうか。考えても答えは出ないので、気にしないようにしよう。

休憩所に設置されている竈《かまど》を使用してポトフを作るアレクさんと、それを見ながら火を囲む私たち。ポトフを食べたあとはチャイを飲みながら、馬車の中が少し寒いという話をした。

私はスミレが織った布で作ったインナーがあるからまだマシだけど、閉めきっているとはいえ、馬車の中には外の冷気が入ってしまい寒く感じるのだ。

火鉢は危ないから設置できないということで、防寒対策は馬車の外周や内装を防寒素材で覆うか、毛布やコートを着込むかして暖を取る方法しかないんだって。

だから、今回はレッドウルフのコートと、ビッグシープの毛で作った毛布をたくさん持ってきているんだと言っていた。

カイロやエアコンがあればいいのにと思ったけど、魔道具としてないってことは、作れる人や伝えた人がいなかったんだろうなあ……残念。

そういえば、昔は温石《おんじゃく》っていうのがあったよね。温めた石を布で包んで、カイロの代わりにしてたってやつ。あともっと簡単なのは湯たんぽだけど……

ふと、手持ちのもので湯たんぽができないかなと考え、リュックの中から革袋の水筒を出す。

そして【生活魔法】で出した、温度が高めな温泉くらいのお湯を入れてみた。

簡易湯たんぽの出来上がりだ。

「おお、思っていたよりもあったかいかも」

「リン、水筒にお湯を入れてどうした？」

エアハルトさんが不思議そうな顔をして声をかけてきた。

「これで暖を取れないかなあって思ったんです。師匠が教えてくれた、湯たんぽという方法なんですけど……」

「どれ……。おお、いいな、これ！」

「わたくしも。……あら、少し熱いですが、いいですわね」

私の言葉を聞いたみんなは、革袋を触り、その温度を確かめている。

「自然に冷めてしまうから長時間は保《も》たないんですけど、休憩ごとにお湯を入れるか温め直せばいいですし、服とコートの間に入れておけば、熱く感じないと思うんです」

「どれ……。ああ、これはいいね。とても温かい」

湯たんぽに触りながら言うグレイさん。

「他には、石を温めてから布に包んで、それをポケットに入れておく方法も教わりました」

「なるほどな。石は温めるのに時間がかかるだろうからあとにして、今は湯たんぽを試してみよう」

みんなそれぞれ予備の革袋の水筒を出し、【生活魔法】を使ってお湯を入れている。

寝るときに寝袋の中に入れて寝たらあったかいと伝えたら、「夜に確かめてみよう！」とみんな張り切っていた。

ご飯も終わり、チャイを飲んで体も温まったので、寝る準備を始める。

準備をしている最中、商人たちの絡みつくような視線が気持ち悪くて、気になった。

ユーリアさんも同じだったようで、珍しく眉間に皺が寄っている。

そして従魔《じゅうま》たちも男性陣も、相変わらず彼らのことを警戒しているようだ。

彼らの馬車を見ながらなにか話し合っているみたいだけど、なにかあるのかな。

そんなことはともかく、従魔《じゅうま》たちも入れるようにと大きなテントを展開し、固定。

そのままだと床が冷たいので、わざわざ持ってきたレジャーシート用の皮とスミレが織った布、そのうえにシルバーパンサーの毛皮で作ったという敷物を敷く。

シルバーパンサーは隣国のダンジョンにいる魔物らしい。

その毛皮は綺麗な銀色に黒い斑点が入ったもので、手触りがとてもよく暖かいので、レッドベア同様に敷物やコートにする人が多いんだって。

なので、売られていた敷物を買ってきた。

今回は持参したけど、普段はダイニングにある暖炉の前に敷いてある。

間に合わせで持ってきたので、冬の休暇が終わったら、こういった旅やピクニック用にもう一枚買おうと思う。

馬たちには寒さ対策として、馬着という馬の服を二枚重ねで着せ、脚にレッグウォーマーみたいなものを着ける。

これはレッグプロテクターというんだって。怪我から護ってくれるものだそうだ。伸縮自在の魔法がかかっているから、動いてもずり落ちたりすることがないらしい。

夕飯は、宣言通りユーリアさんの担当です。

野菜とお肉がたっぷり入った具沢山のホワイトシチューと、ナッツが練り込んであるパンとサラダ。とても美味しかった。

そろそろ時間だからと寝る準備をして、テントの中に潜り込む。

敷物を敷いているからなのか、思っていた以上にあったかい。

毛布を巻きつけ、今日はロックが枕になりたいと言うので快諾し、みんなで一塊になって眠った。

そして見張りを終えたエアハルトさんに声をかけられたので、起きる。

「夜明け前はかなり寒くなるから、気をつけろよ？　従魔《じゅうま》たちがいるから大丈夫だと思うが、念のため毛布も巻きつけておけ」

「わかりました」

「なにかあったら、すぐに起こせ」

エアハルトさんからの報告を受け、そのまま焚き火の前に毛布を敷いて座り、枯れ枝や薪《まき》をくべる。

温石《おんじゃく》を作るのは私の役目になったので、休憩所の隅っこに転がっている石を拝借し、それを温めておくことに。

手で握れるくらいの小さなものを見つけたので、それを火の中に入れて温め始めた。

馬たちも、いつの間にか毛布をかけられて寝ている。

もちろん、テントに囲まれた中にいるよ～。

そして私の両肩にはラズとスミレ、周囲には他の従魔《じゅうま》たちが集まっている。

そのおかげもあり、思っていたほど寒いわけではない。

チャイを飲みながら休憩所を見回すと、他の人々も二人一組で野営の見張りと火の番をしている。

時々笑顔が見えるから、なにか話しては笑っているのだろう。

「みんなは寒くない？」

〈我は大丈夫だ〉

〈ボクも平気だよ、リンママ〉

〈《火の側にいるから、大丈夫にゃー》〉

〈《風がないだけいいにゃー》〉

〈リンのところにいるから、ラズも大丈夫〉

〈リンノ、ソバ。アッタ、カイ〉

「そうだね。風があると、もっと寒いもんね」

寝ているメンバーや他の人の邪魔にならないよう、小さな声で話す私たち。

空を見上げると、雲の間からふたつの月と星が見えた。

空気が澄んでいるのか、日本にいたころよりも星をたくさん見ることができる。ただ、当たり前だけど知っている星座がひとつもないことが少し寂しく感じる。

徐々に真っ暗だった空が明るくなり、紺から藍色、オレンジへと変わる。

そしてまずは小さな太陽が顔を出し、遅れて大きな太陽が顔を出すと、空は完全に明るくなった。

今は晴れているけど雲があるから、また雪が降り始めるかもしれないなあ。

身支度をしたあとでご飯を炊き、みんなを起こす。ユーリアさんが作ったシチューが残っているので、それを使ってドリアを作った。

ラズとロックをはじめとした従魔《じゅうま》たちにまた作ってと言われたから、この冬の間に何回か作ることになるかな？

食べ終わったら片づけて、テントをしまう。

火の始末をする前に温石《おんじゃく》代わりの石を取り出して布を巻き、メンバーのみんなに配った。

「いいですね、これは。あちこちのポケットに入れておけば、御者をしていても暖かそうです」

「湯たんぽだったかい？　あれと併用するのもいいんじゃないかな」

「わたくしは両方試してみますわ」

それぞれコートや中に着ている服のポケットや、首や手首、足首に巻いている寒さ避けのタオルの中にまで入れていた。

御者をする人たちは、馬車の中にいる人よりも寒いところにいるんだから、防寒対策は大事だよね。

湯たんぽも準備ができたからと、馬を馬車に繋いで出発です。

今のところ順調どころか早いペースで進んでいるそうなので、お昼過ぎか三時ごろには目的の温泉街に着くだろうと話していた。

休憩所を出ると、馬車はゆっくりと走り出す。

温石《おんじゃく》もいい感じであったかい。特に湯たんぽを併用しているからなのか、ユーリアさんはとても暖かそうだ。提案してよかった！

寒かったのか、ユーリアさんはずっと顔色が悪かったんだよね。今は頬に赤みが差しているから、大丈夫だろう。

雪があまりない街道を進むと、どんどん森と雪が深くなり、山が近づいてきた。

次の休憩所まで馬を走らせ、そこで早めのお昼ご飯を食べるそうだ。

そこから町までは休憩所がひとつもないので、どうしても早めのご飯になってしまうんだって。

「よし。石は……少し冷たくなってきているな」

「ですが、思っていたよりも温かいですね」

温石《おんじゃく》と湯たんぽのおかげで体が温まっているのか、口数が多いエアハルトさんとアレクさん。

「これって湯たんぽと同じように、寝るときにも使えるんじゃないかい？」

「冬の時期での外仕事には欠かせなくなるだろうな」

「湯たんぽを持ち歩くのは大変ですが、小さい石なら、邪魔になることもないですしね」

まずは冒険者の間で広めてみるか、と言うグレイさんたち、男性陣。

それにのっかって、ユーリアさんまで広めると言っている。

うわ～……冒険者だけならいいけど、商人とかにも広まりそう……

もしなにか言われたら、知らぬ存ぜぬで通そう。そうしよう。

だって、凄い流行すると思うんだよね。

自分たちが用意するのは布だけだし、石はそこらへんに落ちている。

布だって石を包むだけなんだから、綺麗なのじゃなくていいしね。

まあ、小さな巾着――布の袋を作ってその中に入れたら、女性なら喜びそうだという話をユーリアさんにしたら、宿に着く前、移動中に縫うと言い出した。

当然のことながら、全員に「危ないからやめなさい」と止められていたよ～。

針と鋏《はさみ》を使うんだから、そこは全力で止めるよね、危ないし。

それを聞いて、ユーリアさんは「でしたら、宿で作りますわ」と納得してくれたので、胸を撫で下ろした。

そんな話をしつつ、馬車は止まることなく走る。

徐々にスピードが落ちてきているから、そろそろ休憩所に着くんだろう。

やがて馬車が停まったので、降りる。

お昼はグレイさんの担当です。

体が温まるようにお味噌汁を作るグレイさん。具材は乾燥野菜をたっぷり入れたものだった。

あとはパン。

一時間ほど休憩して温め直した温石《おんじゃく》の状態を見ると、直接火の中に入れたからなのか、いい具合に熱くなっているみたいだった。

「これなら大丈夫だろう。町に着くまで保《も》てばいいが……」

「そのときは湯たんぽで対処しましょう」

石を布でくるんで、あちこちのポケットに入れる男性陣。

よっぽど気に入ってくれたみたいで嬉しい。

一時間くらい走っただろうか……町まであと少しのところまで来たみたいで、遠くに壁が見える。

どんなところか楽しみだなあと思っていたら、馬車の前を走っていたロキが鋭い声を発した。

〈エアハルト、前方と森に、多数の気配がある〉

「ふむ……魔物か？　いや……盗賊か」

〈かもしれん〉

おおう……まさかの盗賊ですか！　初のテンプレなトラブルですよ！

喜んだらいけないんだけどさ。

「リン、悪いが、従魔《じゅうま》たちを貸してくれ」

「はい。ロキ、レン、シマ。お願いしていいかな？」

エアハルトさんのお願いに従って従魔《じゅうま》たちに声をかける。

〈承知！　ロック、ラズ、一緒に頼む〉

〈〈うん！〉〉

〈〈わかったにゃ！　ソラ、ユキ。そしてスミレも手伝うにゃ〉〉

〈〈わかったにゃ！〉〉

〈ウン〉

みんなから嬉々とした返事がきた。

ダンジョン内ではエアハルトさんの指示に従ってくれるけど、それ以外のときは私の指示じゃないと聞いてくれないことも多いのだ。

なので私に話を通したみたい。まあ私の従魔《じゅうま》たちだから、当然ではあるんだよね。

話が纏《まと》まったところで、馬車を停めるアレクさん。停まると同時に馬車の外に出る。

「リンはスヴァルトルたちの間から動くなよ？　従魔《じゅうま》たちが側にいないときは危ない。足止め目的のウィンドウォールだけ頼む」

馬車の陰に隠れながら指示を出すエアハルトさん。

「わかりました」

「よし、ロキ、頼む」

〈わかった。ロック、一緒にやるぞ！〉

〈うん！〉

〈〈ガオォォォーーーン!!〉〉

それぞれの方向に、ロキとロックが【咆哮《ほうこう》】を放つ。

魔物よりも弱いのだろう……こちらに向かっていた影が、その場でピタリと止まる。

人数は三十人ほどだ。

もちろん、それを見逃す『フライハイト』のメンバーではない。

一気に距離を詰め、鞘《さや》に入ったままの剣で殴っていた。

動き出した人は私がウィンドウォールで足止めし、動きの速いロキ一家やレン一家が体当たりや爪で攻撃し、その場に倒している。

倒れた者たちはスミレとラズが拘束し、簀巻《すま》きにしていた。

あっという間に戦闘が終わった。

念のためにロキとレン、シマが周囲を見回りに行ったけど、特に問題ないとのことだったので、盗賊のリーダーに簡単な尋問をすることに。

「こ、こんなに強いなんて聞いてねぇ！」

怯えながら、強がっているリーダー。

「従魔《じゅうま》たちの種族を見れば強いことがわかるだろうに。で？　誰に頼まれたんだ？」

エアハルトさんは淡々と尋問を続ける。

「た、頼まれてなんていねぇ！」

「『こんなに強いなんて聞いてない』って言っただろうが。誰かに話を聞いていないと、そんなことは言わないんだよ」

「ぐ……っ」

リーダーは、のらりくらりとかわして、誰に頼まれたのかなかなか言い出さない。

「ラズ、スミレ。盗賊は殺されても文句を言えない立場だから、殺してもいいぞ」

〈わーい♪　どこから溶かす？　手？　足？　それとも、頭？〉

〈シュー♪　モウドク、カム〉

私が人を殺すことを許可しないのを知っているのに、ラズとスミレはノリノリでエアハルトさんの言葉に反応する。

なにをやっているのかな⁉　エアハルトさんも！　二匹も！

「デ、デ、デスタイラント⁉　いるなんて、聞いてねえ！」

好戦的なラズとスミレを見て顔色を変えるリーダー。

「言う！　言うから、殺すのだけは！　死にたくねえ！」

盗賊はできるだけ生きたまま捕まえるのが原則だけど、卑劣な人は戦闘中に殺される場合もある。

だからこそ彼は本当に殺されるかもしれないと怯えているんだろう。

やっとのことで彼は、ダメリー商会に頼まれたと話した。

「ダメリー商会？　ああ、悪い噂しか聞かない商会かな。来るときの休憩所でずっとユーリアとリン、従魔《じゅうま》たちを見ていたから、なにかしてくるとは思ったけど」

「愚か者としか言いようがないな」

どうやら盗賊たちは、ダメリー商会という商会の人々に雇われて私たちを襲ったらしい。

休憩所にいた嫌ーな感じの人たちはダメリー商会の人だったんだね。

「ダメリー商会は不正もしていたようだし、これが決定打になるだろうね」

「どのみちお前らは犯罪者だ」

冷ややかな目で盗賊たちを見つめるエアハルトさんとグレイさん。

「どこに送られるのでしょうか。ドンメレン監獄か、それともアッカーマイン鉱山か」

「ひっ……!!」

アレクさんとユーリアさんも冷たい目で見ているし、従魔《じゅうま》たちは彼らが逃げ出さないように、威嚇《いかく》して唸っている。

もちろん、私も冷ややかに見ているけどね！

ちなみにアレクさんが話したドンメレン監獄とアッカーマイン鉱山は、犯罪者が収監される場所で、脱獄どころか死ぬまで絶対にそこから出られないという、とても厳しい場所なんだそうだ。

だからこそ、盗賊たちが怯えている。

ここから温泉の町であるフルドまでそう遠くないので、盗賊を連れていくことに。従魔《じゅうま》たちのほうが足が速いから、私がロキにのって先行し、そのことを町まで知らせに行く。

門に着くと、門番はロキを見て一瞬構えたものの、首に巻かれている首輪とロキの上にいる私を見て、安堵《あんど》の表情を浮かべる。

さっそく門番に、盗賊に襲われたことと捕まえたこと、捕まえた人数を話すと、すぐに動いてくれた。

大きな檻がのっている荷馬車と、馬にのった騎士と一緒に街道を走る。

エアハルトさんたちも移動していたおかげで、わりと早い段階で合流することができた。

エアハルトさんとグレイさん、騎士の代表が集まっていろいろと話している。途中、エアハルトさんが四角くて小さな木箱のようなものを渡していた。

あとから聞いた話なんだけど、あの木箱は声や映像を記録する魔道具なんだって。ここ百年ほどの間に開発されたもので、ドラゴンの国から入ってきたという。

たぶん転生者が作ったものなんだろうけど……

ドラゴンの国にいたってことかな？

そんなことを考えていたら、話が終わったようで、騎士たちが出発の準備を始めている。

「ご協力、感謝いたします。ここに来る商人や旅人を襲っている集団でしてね。神出鬼没で、なかなか捕まえられなかったんですよ」

「捕まえても、いつの間にか釈放になっていました。なるほど、ダメリー商会がうしろについていたのなら納得です」

　頷き合いながらそんな会話をする騎士たち。

「アジトの場所も吐かせたし、今回はそれらの映像を王宮にも送るから、釈放はないと思うよ？　もしそういう要求が来ても突っぱねていいからね。まあ、その前に商会本体が取り押さえられるだろうけど」

「今回は彼女の従魔《じゅうま》たちがいたからな。迅速に拘束できたんだよ」

「ありがとうございます、エアハルト様、ローレンス様。ではなくて、今はグレイ様でしたね」

　グレイさんの本当の名前を言ってしまった騎士だけど、すぐに言い直していた。

　お忍びというわけじゃないけど、今は冒険者として活動しているからね。

「じゃあ、頼むね」

「はい、お任せください」

　盗賊を檻に入れたあと、フルドの町の中に戻る騎士たち。

　これからもっと厳しく尋問して、アジトを捜索するんだって。騎士さんたち、頑張って！

　張り切っている彼らを見送り、私たちも馬車にのり込むと、町に向かって走り出す。

フルドの町は、山の麓にある、石垣で囲まれた町だ。

どこの町や村もそうなんだけど、必ず魔物除けの柵や石垣がある。これがないと魔物に襲われてしまい、危ないからなんだって。

畑は囲いの外と中に両方あって、魔物の被害に遭ってもいいように、分けて作られているんだそうだ。

ちゃんと考えられているんだなあ。

「おお、卵が腐ったみたいな匂いがする」

町に近づくと温泉地特有の匂いがした。

「従魔《じゅうま》を連れている場合に使用する門があるから、そこに行くよ。泊まる予定の宿は、そこから近いんだ」

「ありがとうございます、グレイさん」

今御者をしているのはグレイさんだ。

この町には貴族や王家の別荘があり、温泉に浸かりに来る人もいるからなのか、冬だけじゃなく夏でも賑わっているらしい。そこは日本と変わらないんだなあ。

従魔《じゅうま》がいる人専用の門のところには誰も並んでいなかった。

私の従魔《じゅうま》だと証明するギルドタグを門番に見せると、種族とその数の多さに顔が引きつっている。

女性の門番もいて、従魔《じゅうま》たちのふかふかな毛並みをじっと見ていたのには笑ってしまった。

まあ、みんな触らせようとしなかったけどね！

私以外が触るのは嫌だと言って、メンバーのみんなや店に来る冒険者たちにすら触らせないんだから、その他の人が触れるわけがない。

本当にブレないんだよね、従魔《じゅうま》たちは。

私の従魔《じゅうま》だとアピールしたほうがいいとグレイさんに言われたのでロキに跨《また》がると、両肩にラズとスミレが飛びのってきた。

女性門番は私を羨ましそうに眺めていて、内心優越感に浸りつつ門を抜ける。

すると視界が開け、町並みがはっきりと見えた。

建物はどれも大きくて、屋根にある煙突からは煙が出ていた。

町の中には蒸気がたくさん出ている場所もあるから、もしかしたら湯棚《ゆだな》があるのかもしれない。

いろいろと観光できるといいなあ。

そして、ゆっくりと馬車を走らせること五分。一際《ひときわ》大きな建物に着いた。看板には宿屋のマークと、〝白熊の憩い亭〟の文字が書かれている。

宿の空き状況を確認してくると言って、先に中に入っていくグレイさんとエアハルトさん。

私はロキに跨《またが》ったまま待機している。

従魔《じゅうま》たちは温泉の存在を知っているのか、そわそわしている。

町並みを見ているうちに、二人が出てきた。

「部屋が取れたから、みんな降りて。一階の大部屋を確保したよ。ベッドは個別にあるけど、従魔《じゅうま》たちも一緒の部屋になるから、大部屋になってしまったんだ。それでいいかい？」

「わたくしは大丈夫ですわ」

「僕も大丈夫です」

「私も大丈夫です。ありがとうございます！」

大部屋に泊まるなんて、なんだか修学旅行みたい。

それに、この世界の宿に泊まるのも初めてだから、わくわくしてくる。

宿から出てきた従業員は従魔《じゅうま》たちの大きさと種族、その数に驚きながら、私たちの馬車を移動させてくれた。

ちなみに従業員には白い熊の耳がついていた。だから〝白熊の憩い亭〟なのかな。

「予定では二泊でしたけど、結局どれくらい泊まるんですか?」

宿へと移動しながらグレイさんに尋ねる。

「思っていたよりも順調にここまで来たから、三泊にしたよ」

「そうなんですね! 温泉もご飯も、楽しみです!」

「ふふ、そうですわね。美味しいですから、しっかり堪能しましょうね」

「はい!」

ユーリアさんは本当に優しいなあ。

王族の婚約者としていろいろつらいこともあったと思うんだけど、そういったことは一切言わない。いつも優しくて穏やかで。きっと、家族やグレイさんと一緒にのり越えてきたんだろう。

結婚しても、今と同じような素敵な奥さんになるに違いない。

宿泊に必要なあれこれはエアハルトさんが全部済ませてくれたので、ロビーで話しながらしばらく待つ。

すると『フライハイト』と呼ばれたので、案内するという白い熊耳の従業員のあとをついていく。

移動している最中、熊耳従業員や、泊まり客たちの注目の的だった従魔《じゅうま》たち。中には羨ましそうな顔をしている人もいた。

そんな顔をしたって、うちの子は渡さないよ？　大切な家族だからね。

案内されたのは一階の一番奥に位置する、十畳以上はある部屋だった。

「ごゆっくりどうぞ」

「ありがとう」

代表でエアハルトさんが鍵を受け取り中へと入る。

中には右側にふたつ、左側に三つベッドがあり、ベッドと一緒に箪笥《たんす》のようなものが置いてあった。

観音開《かんのんびら》きの扉だから、クローゼットかな？　そこに荷物をしまえるようになっているみたい。

クローゼットにはしっかり鍵も付いているし、今は部屋の隅にあるけど、プライバシーを保つためなのか、仕切りもちゃんとある。

別の部屋に繋がっているのか奥にもうひとつ扉があるから、着替えるにしても仕切りをするか扉の向こうに行けば大丈夫そうだ。

「リンは従魔《じゅうま》たちがいるから、窓際がいいか？　ちょうど広くなっているし」

「そうですわね。それでしたら、ベッドがふたつある右側を、わたくしとリンと従魔《じゅうま》たち、反対側を男性陣で使ったらどうかしら」

エアハルトさんとユーリアさんが寝る場所を決めてくれる。

真ん中にも仕切りが置けるようになっているから、ちょうどいいと思う。

出かけるとき元の場所に戻せばいいだけだもの。

寝る場所が決まったら残りの部屋の確認。

扉があと三つあり、ひとつはトイレ、ひとつは内風呂に繋がっていた。

そして、最後のひとつを開けるとすっごく大きな露天風呂だった。

ここなら従魔《じゅうま》たちも温泉に入ることができるんだって。もちろん、従魔《じゅうま》の主人も一緒に。

みんなが別のお風呂に入っている間、私は従魔《じゅうま》たちと部屋の露天風呂に入ることにしよう。

確認が終わったあと、観光に行くことに。

余分な荷物をしまおうとクローゼットを開くと、中には服が二着置いてあった。

広げてみると、Tシャツっぽい形のものと、甚平《じんべい》みたいな形のもの。

このふたつを着て温泉に入るんだそうだ。

なるほど、自宅と違い、裸で入るなんてことはしないんだろう。

そして甚平《じんべい》があるってことは、日本からの渡り人か転生者がいるってことだよね。

「この町だけじゃなくて、他の温泉街でも服を着て入るんですか？」

「ああ。必ず専用の服がある。中に着るものと、ジンベイというものを着て入るんだ。ジンベイってやつは、渡り人が伝えたと聞いている」

「へえ……そうなんですね」

やっぱり甚平《じんべい》だった！　下手に言葉にしなくてよかったよ……

今までも私の不用意な言葉でなにかしらの問題が発生してきたんだから、学習しましたとも。

それから、転生者じゃなくて渡り人が伝えたのかと内心がっかりしてしまった。

そんな考えを振り払うと、リュックから小銭入れにしている巾着を出し、ユーリアさんに見せる。

「ユーリアさん、こんな感じで袋を作って、温石《おんじゃく》を入れるといいと思うんです」

「まあ、可愛いですわね！　これなら簡単にできますから、帰るときにはみなさまに配れますわ。できれば、リンにも作るのを手伝っていただきたいのですけれど……」

「もちろんです。でもこんなガタガタな縫い目でいいんですか？」

「いいですわ。わたくしだって同じようなものですもの」

厚めの布と予備の針を買ってきましょうと張り切るユーリアさん。

準備ができたので、みんなで部屋を出る。

部屋の鍵を受付に預け、宿を出た。

宿の中にいたときはあまり感じなかったけど、外に出たらまた硫黄《いおう》の匂いがしてくる。

ちなみに、私たちが今いる場所は宿屋街。湯棚《ゆだな》を中心として、東西南北に広がるようにして町が発展したらしい。おお、やっぱり湯棚《ゆだな》があるんだ！

「まずは湯棚《ゆだな》に行こうよ」

「そうですね。それから商店街を覗くといいのではないでしょうか」

「わ〜！　湯棚《ゆだな》を見るのが楽しみです！　この町特有のものがあるといいなあ」

「三日もあるんだから、それはじっくり探せばいいさ。まずは湯棚《ゆだな》と、西地区の商店街だな」

みんなは何回も来たことがあるらしく、迷うことなく移動を始める。

周囲を見回すといろんな種族や年齢の人がいる。中には怪我をしているのか、足を引《ひ》き摺《ず》っている人もいた。観光だけじゃなくて、湯治《とうじ》に来てる人もいるんだろうなあ。

そこは日本と変わらないんだなと思いつつ、この世界の温泉地を楽しむことにする。

どんなお土産があるのかウィンドウショッピングをしつつ湯棚《ゆだな》に近づくと、その独特

な匂いがどんどん強くなる。

木の柵で囲まれた先にあったのは、写真でしか見たことがない、草津温泉のような湯《ゆ》棚《だな》だった。

「おお～！　お湯がいっぱい！」

「ここは源泉だといわれているよ。ここから各宿に温泉を通しているそうだ」

「他にも、独自に温泉を通している宿もあるそうですよ」

エアハルトさんとアレクさんが温泉について教えてくれる。

「へえ……凄いですね！」

日本と違って分析機みたいなものはないけど、【アナライズ】でなんとなく効能がわかるようで、自分の目的にあった温泉がある宿を探して、泊まる人が多いという。

私たちが泊まる宿の効能はどんな感じなのかな？　今から入るのが楽しみ！

湯棚《ゆだな》を見ながら、南地区から西地区へと移動する。

野菜やお肉など普通の食材を売っているお店だけじゃなく、串焼きなどの屋台や、甚《じん》平《べい》やTシャツを売っているお店もあった。

お土産として、個人的に買っていく人もいるんだとか。私も甚平《じんべい》を三着買ったよ！

他にもユーリアさんが布と針と糸、鋏《はさみ》を買い込んでいた。

そして歩いている途中、温泉卵を売っている屋台を発見。

さっそく購入してお店に設置されているテーブルに座る。

一緒についていた醤油だれをかけて食べるそうなんだけど……

とろっとした白身に、半熟の黄身がとても美味しい！　これはご飯と一緒に食べたい！

あと、ハンバーグにのせて食べるのもいいかも！

お土産用もあるそうなので、帰る前日にいっぱい買って帰ろう。

温泉卵を食べたあとは、再び散策に戻る。

その途中で私を標的にしたスリに遭遇したけど、エアハルトさんとグレイさんが捕まえてくれた。

「リン、盗られたものはないか？」

「ありません」

ポケットには温石《おんじゃく》しか入っていないし、お金はすぐリュックにしまったから大丈夫。

それに、私の肩にはラズとスミレがいるから、いざというときには防いでくれると思うし。

そんな話をしていると、巡回している騎士が通りかかった。

すぐにグレイさんとエアハルトさんが事情を話し、騎士たちにスリを突き出した。

王都でスリに遭ったことはないから、こんな経験は初めてで、ちょっとだけ怖い。

一度深呼吸をしてから気を取り直し、また町を歩く。

温泉卵を売っている屋台の他に、ココッコ鳥の丸焼きや串焼きを売っている屋台もあった。

近くにはココッコ鳥を放し飼いにしている牧場があって、そこでも新鮮な卵やお肉が買えるんだそうだ。

「明日はそこに行ってみたいです！」

「ははっ！　リンならそう言うと思った！　いいぞ、明日連れていくよ」

笑顔で了承してくれるエアハルトさん。

「やった！　エアハルトさん、ありがとうございます！」

他のみんなはどうするのか聞くと、ユーリアさんは袋作り、グレイさんとアレクさんは宿でゆっくりするらしい。

何回も観光している町だし、今回は温泉でゆっくりして疲れをとりたい気分なんだって。

「あの、従魔《じゅうま》たちと行ってきますよ？　エアハルトさんも疲れているでしょう？」

そういえばエアハルトさんも年末年始大変だったって言ってたよね。付き合わせちゃっていいのかなと不安になる。

「疲れはあるが、丸一日外にいるわけじゃないだろう？」

「はい。ココッコを見て、卵とお肉を買ったら、宿に戻るつもりです」

「だから大丈夫だ。帰ってきてからゆっくりすればいい」

「……すみません。ありがとうございます」

本当にエアハルトさんは優しい。くそう、イケメンめ。

そんなこんなで観光をしつつ、宿に戻った。

温泉にはご飯を食べてから入ることに。食堂に行くと、すぐにユーレモの果実水が配られた。

メニューはココッコを使ったシチュー、串焼き、ステーキ、丸焼きの四種類から選べるようだ。

丸焼きを三つとステーキを五つ、シチューを四つと串焼きを四つ頼むと、従業員の顔が引きつっている。

食欲旺盛な従魔《じゅうま》がたくさんいてすみません。ご迷惑をおかけします。

セットになっているのか、先に地獄蒸しという名前の温野菜サラダが配られる。温野菜には屋台の温泉卵にもついていた、醤油だれがかかっている。ノンオイルの和風ドレッシングみたいで、美味しい！

そのあとみんなが頼んだメインのメニューとパンが到着。ちなみにパンはバターロールのような形のものと、チーズが練り込まれているものだ。

エアハルトさんが丸焼きを切り、従魔《じゅうま》を含めた全員に配ってくれた。

丸焼きにはハーブが使われているらしく、とても香ばしい味がする。

従魔《じゅうま》たちも気に入ったようで、おかわりをねだっていた。もちろん、私もおかわりをしたよ。

そしてシチューは、お肉がとても柔らかくてジューシーで、日本で食べていた鶏肉に近い味がする。レインボーロック鳥も美味しいけど、また違った味だ。

明日、ココッコ鳥のお肉を買うのが楽しみ！

みんなと感想を言い合いながら、和気藹々《わきあいあい》と楽しく食べた。

ご飯を食べて一旦部屋に戻り、お腹が落ち着いたころお風呂に行く。

みんなは甚平《じんべい》を持って宿の大浴場に行ったけど、私は部屋についている露天風呂だよ～。

さっそく外に出る手前の部屋で甚平《じんべい》に着替え、従魔《じゅうま》たちと一緒に露天風呂へ。

「さむっ！　早くお湯の中に入ろう」

暖炉があったから部屋の中は快適な温度だったけど、外は雪があるからなのか、すっごく寒い。

早くあったまりたいけど、まずは従魔《じゅうま》たちを簡単に洗う。

私も甚平《じんべい》から出ている部分や髪を洗ってから頭にタオルを巻きつけると、従魔《じゅうま》たちと一緒に温泉に入る。

なんとはなしに【アナライズ】を発動させると、効能として「血行をよくする」「疲れがとれる」「腰痛や肩凝りに効く」と出た。

走ってきた従魔《じゅうま》たちにはぴったりだ。

「効能もいいし、ちょうどいい温度だね。みんなはたくさん走って疲れたでしょ？」

〈そうでもないな。もっと走ってもよかった〉

〈ボクも！〉

〈〈〈〈うちらもにゃー〉〉〉〉

頼もしい返事をしてくれるロキ、ロック、レン一家。

「そうなんだ。でも、疲れは溜まるっていうから、三日間は温泉に入ったりして、のんびりしようね」

大きな湯船に、みんなでゆったりと浸かる。

自宅のお風呂もそれなりに大きいけど、みんなで入るとキツキツでまったく動けないんだよね。だから、最近は順番に入ったりしていた。

従魔《じゅうま》たちが小さくなることができたら、みんなで入ってもちょうどいいと思うんだけど、そんなスキルは聞いたことがないし……

小さいのも可愛いだろうなあ……なんて想像しつつ、お湯にまったり浸かる。

そのうちじっくり浸かっているのも飽きてきたのか、パシャパシャと音を立てて遊び始める子どもたち。

彼らにお湯をかけたり、家ではできないことをして遊んだ。とっても楽しかったです！

逆上《のぼ》せる前にお風呂から上がり、従魔《じゅうま》たちの体を拭いて室内に入れる。

私も準備部屋で着替えた。濡れた甚平《じんべい》とTシャツ、使ったあとのタオルは籠に入れておけばいいらしく、とても便利。

魔法で乾かすほうが簡単だけど、せっかくだからと暖炉の前で髪やみんなの毛皮を乾かしつつメンバーを待っていると、みんな揃って帰ってきた。

そして手渡されたのは、瓶に入った飲み物。

おおう……異世界で、まさかのフルーツ牛乳に遭遇しました！

ほんと誰よ、こんなものまで伝えたのは！　たぶん日本人だろうけど！

そんなことを考えつつ、みんなで腰に片手を当ててフルーツ牛乳を飲む。

とっても美味しかったです！

寝る時間まではユーリアさんと一緒に小さな巾着を作る。

ユーリアさんの縫い目は、刺繍《ししゅう》を嗜《たしな》んでいるお嬢様なだけあって、とても綺麗だったよ～！

どこが私と同じようなものなんだと突っ込みたかったけど、綺麗に縫うコツを教わったのでなにも言うまい。

教えてもらったおかげで、私の縫い目も綺麗になったしね。

今度縫い物をするときは、もっと綺麗になっていると思う。ユーリアさんに感謝だ。

そうこうするうちに寝る時間になった。

いつも家でしているように加湿器代わりの鍋を置こうと暖炉に近づくと、すでに置いてあった。

そのことに驚いていると、マルクさんが主導して、風邪対策として取り入れるよう国全体に指導したとグレイさんが教えてくれた。

それもあり風邪をひく人が減ってきているという。

そして、未だに死者が出ていないと感謝されたのだ。

「えっと……その……師匠が教えてくれた方法ですし……」

「たとえそうだとしても、だよ。マルクもお礼を言っておいてくれと言っていたし、徐々にだけど、うがいも広がってきているから」

「そうですか……。それはよかったです」

手洗いうがいは本当に大切だと思う。それに、誰も亡くなっていないなら提案してよかった。

もちろんそれは、マルクさんたち医師が改良した、独自のマスクの存在も大きいと思うけどね。

そんな話をしているうちに、眠くなる。他のみんなはまだ話していたみたいだけど、いつの間にか寝てしまった。


翌日。食堂に行ってご飯を食べたあと、それぞれ行動する。

私とエアハルトさん、ラズとスミレは出かけるので、さっさと支度をした。

「これから行くのは南地区だ。そこに牧場がいくつかある」

準備をしながらエアハルトさんが今日行く場所について教えてくれた。

「そうなんですね！」

「じゃあ行ってくる」

スミレとラズを両肩にのせ、エアハルトさんと一緒に宿を出る。

「いってらっしゃいませ」

「楽しんでいらしてね」

「はい！」

アレクさんとユーリアさんがお見送りをしてくれました！

牧場へは昨日行った湯棚《ゆだな》の途中の道を曲がって南下するみたい。

朝だからか昨日よりも人が多く、迷子になりそう……

「リン、はぐれると困るから、手を繋ごうか」

「へ⁉　あ、は、はい」

たしかにこの人の多さなら迷子になりそうだし、とてもありがたい話なんだけど……

エアハルトさんの手はごつごつしていて、とても大きい。それに、あったかい。

うぅ……なんだか照れてしまう。

「で、これから行く牧場なんだが、ココッコだけじゃなく、ホワイトバイソンもいてな。

地上にいるホワイトバイソンは、ダンジョンの中の個体と違って穏やかだから、放牧していることもあるんだ」

エアハルトさんはいつもと変わらない様子で牧場の説明をしてくれる。

くそう、照れているのは私だけか。

「そうなんですね！　牧場ではなにが買えるんですか？」

「ココッコの卵と肉はもちろんのこと、ホワイトバイソンの乳と肉、チーズが買えるんだ。俺もここに来たときは、必ず買っている」

「おお、エアハルトさんおすすめのところなんですね」

「ああ」

貴族も絶賛する牧場かあ。どんなところなんだろう？　楽しみ！

商店街の中を通り、郊外へと向かう。視線の先には草原が広がっているから、そこが牧場を兼ねているんだろう。

話しながら歩いていると、突然「ぎゃっ！」と声がした。

声がした方向を見ると、いかつい顔をした人が二人、スミレの糸とラズの触手によって簀巻《すま》きにされていた。

なにがあったのかを察したのか、エアハルトさんはすっごく冷たい目をして二人を見ている。

あちこち見ていた私が悪いんだけど、昨日に引き続いてまたスリか……とげんなりする。

「リン、なにか盗られたものはないか？」

エアハルトさんが溜息をついて、話しかけてきた。

「えっと……はい、大丈夫です。お金は鞄の中でエアハルトさん側にありましたし、ラズとスミレがすぐに捕まえてくれたので」

「そうか、それはよかった。昨日もそうだが、こういった人が多い場所ではスリもいるから、気をつけろよ？　ラズもスミレも、リンを頼むな」

「わかりました」

《〈うん！〉》

元気よく返事をするラズとスミレ。

そこに、騎士が歩いてきたので、エアハルトさんが呼び止めていた。

ちょうど、昨日スリを引き渡した騎士だったので話がスムーズに進む。

「ありがとうございます。助かりました」

「いや。すまんが、俺たちはこれで」

「あとで詰め所に寄っていただけると、助かります」

「わかった。用事を済ませたら、寄ることにするよ」

「お願いします。お嬢さんも従魔《じゅうま》たちも、捕まえてくれてありがとう」

「どういたしまして」

〈うん〉

〈シュー〉

お礼を言われたラズとスミレは、触手と片手を上げて応えていた。

そして再びスリに遭遇。今度はエアハルトさんが捕まえてくれた。

さすがに治安が悪いんじゃないの？　と思ったけど、こういった観光地にはよくいる輩《やから》だそうだ。

数人捕まえても氷山の一角に過ぎず、次々に湧き出てくるし、他の地域から流れてくる場合もあるんだとか。

多くの人が訪れる観光地だから、できるだけ治安をよくするために、兵士や騎士が巡回しているとはいえ、なかなかいなくならないらしい。

やだなあ、そういうのって。

「まあ、たぶんどこかにそういった犯罪組織のアジトがあるんだろう。どんな地域にも犯罪組織はいるものだが、これはやり過ぎだ。そのうち潰されるだろう」

「そうなんですね。もしかして、王都にもいたりするんですか？」

「詳しいわけじゃないが、いるだろうな。暗殺を請け負うところもあるし」

「暗殺⁉　それって危険なんじゃ……」

「危険だが、それと同じように各家には警備をしている人間もいるし、裏稼業とはいえ雇われている者もいる。リンが鬱陶《うっとう》しがっていたガウティーノ家の視線の一部も、元は裏稼業の人間だぞ？」

「ひえぇぇっ！」

まさかあの鬱陶《うっとう》しい視線は、そういった人たちの視線だとは思わなかった。

あれかな？　小説でよくある、影とかスパイとか、そういった人たち。

スパイ活動をして、誰かを秘密裏《ひみつり》に消す……なんてこともあるだろうから、とても複雑な気持ちになった。

「まあ、そんな物騒《ぶっそう》な話は忘れて、楽しんだほうがいい。ほら……あれが牧場だ」

「おお……とても広いですね！」

「だろう？」

歩きながら話していると、牧場に着いた。

道に沿って受付などがある建物の入口まで行くと、真っ白い鳥がいる。黄色いくちばしに頭には茶色い鶏冠《とさか》。形はそのままニワトリだ。

「お、いたな。これがココッコだ」

「お～！　真っ白で綺麗！　それに、可愛い！」

「中に入ると雛もいるから、それも見せてもらうか？」

おお、雛もいるのか！　それは楽しみ！

建物の中に入ると、お土産を売っているコーナーと、受付と書かれているカウンターがあった。

「いらっしゃいませ」

「ココッコとバイソンの見学をしたいんだが、見れるだろうか？」

慣れた様子で受付にいたエルフのお姉さんに話しかけるエアハルトさん。

「大丈夫ですよ。見学は何名様でしょうか？」

「二人と、彼女の肩にのっている従魔《じゅうま》二匹だ」

「従魔《じゅうま》の確認をしたいのですが、ギルドタグを拝見できますか？」

「はい」

ギルドタグを出して、確認してもらう。

そして見学料として一人千エン払い、禁止事項の説明を受けてから中へと通される。

禁止事項は飼育されている動物にむやみに手をださないこと、従魔《じゅうま》たちに襲わせないことだった。

万が一、動物たちに怪我をさせた場合は、高額な罰金や賠償金を払うことになるんだそうだ。

もちろん、従業員の指示には従ってほしいとも言われた。従わないで怪我をした場合、責任は取れないと注意も受けたよ。たしかに、それは自業自得だもんね。

とりあえず、ラズとスミレはそういったことをしない子たちなので、そこは安心できる。

もしロキたちがいたら、彼らがなにもしていなくてもココッコやホワイトバイソンたちは怯えていたかもしれないなあ。

それがわかっていたから、一緒に来なかったのかなあと思った。

できれば、ココッコを見せてあげたかったんだけど。

そんなことを考えながら、エアハルトさんについて建物の奥のほうへと足を進める。

そして、突きあたりの扉を開けると外に出た。右側の建物からは鳥の声がする。

「やあ、いらっしゃい。見学でいいかな？」

「「はい」」

「では、こっちへどうぞ」

声をかけてきた従業員は、柔和《にゅうわ》な顔をしたおじさんだった。

まずは建物の中を案内してくれるそうです。

建物の中には、柵に囲まれた暖炉と薪《まき》ストーブがあった。

おじさんによると、柵はココッコが暖炉や薪《まき》ストーブに飛び込んで怪我をしないための対策なんだって。

隅っこには餌と水が入っている細長い木箱が置いてあって、食べたり飲んだりしているココッコもいた。間近で見ると、鶏よりもふた回りほど大きいことがわかる。

「真っ白で可愛いですね。雛も真っ白なんですか？」

「ええ、真っ白です。あっちにいますよ」

おじさんが指差した方向からは、こっ、こっ、というココッコの鳴き声に混じって、ぴよぴよと鳴く甲高い声がする。

ラズとスミレも興味深そうに、きょろきょろしている。

「この子たちがココッコの雛です」

「わ～！　可愛い！　真っ白！」

ココッコの雛は、脚とくちばし以外は真っ白だった。くちばしは親と一緒で黄色、脚は茶色だ。

親鳥の羽からたまに顔を出してぴよぴよと鳴いている。

「手を出して、触ってみても大丈夫ですか？」

「ええ。手を広げて、親鳥にゆっくりと指先を近づければ大丈夫ですよ」

おじさんが手本を見せながら教えてくれる。

「こう……ですか？」

「そうです。とても上手ですね」

手を広げ、ゆっくりと親鳥に指先を近づけると親鳥は匂いを嗅ぐように顔を近づけた。

そのあと、つんつんとくちばしで突いてきたと思ったら、頭をスリスリしてくる親鳥の可愛さに堪えきれず、つい指で撫でてしまう。

「おや……親愛を示していますね。初めてのお客さんにするのは珍しい」

「え、そうなんですか？　みんなこうやってスリスリするんじゃないんですか？」

「しませんね。本当に珍しいです」

微笑ましいと言わんばかりの顔をする従業員のおじさんとエアハルトさん。

親鳥は本格的にスリスリしたいらしく、立ち上がって私の手に頭や体をくっつけてきた。

そしてそれを真似する、三羽の雛たち。

「おおう……どうすれば……！　ちょっ、擽《くすぐ》ったい！」

「おや、甘噛みまでしていますね。本当に珍しいです。懐かれていますね」

「ええっ⁉　なんで⁉」

「さあ……」

「まさか、ついてきたりしないよな……？」

「「え……」」

エアハルトさんの言葉に、おじさんと一緒に固まる。まさか……そんなことないよね？

おじさんが実験してみようと言うので少し歩いてみると、親鳥たちが二組と雛が五羽、私のあとをついてくる。

「おおう……」

「ははは！　主人として認識されましたね」

「ええっ⁉」

まさかの事態に、エアハルトさんと一緒に唖然《あぜん》とする。

どうしたらいいのかな⁉

「もし問題がないようでしたら、連れて帰っていただいて構いませんが」

「うっ……。どうしよう、エアハルトさん……」

「ま、まあ、いいんじゃないか？　鳥小屋なら作ってもらえばいいし、庭の広さも問題ないだろう？」

「そうですけど……エアハルトさんも、他人事じゃありませんよ？」

「は？」

エアハルトさんにも同じように親鳥たちが二組と雛が四羽、ついてきていたのだ。

「俺もかよ……。今は宿に泊まっているから、帰るときに引き取りに来るという形でもいいか？」

それを見たエアハルトさんがおじさんに確認する。

「ええ、構いません。いつお帰りになりますか？」

「明後日だ。遅くとも、昼までには来る」

「わかりました。さあ、お前たち。明後日までここにいような。きちんと迎えに来てくれるそうだ」

《こけーっ！》

《ぴよっ！》

おじさんの言葉がわかるのか、元気よく返事をするコッコたち。

無料で譲り受けるわけにはいかないからとおじさんと交渉し、全羽買い取ることに。

詳しい飼育方法は引き取る際にレクチャーしてくれるというので頷き、甘えてくるコッコたち全員の頭や体を撫でて建物をあとにした。

その後、ホワイトバイソンがいる区画では、案内してくれたドラゴン族のおじさんに教わりながら乳搾りの体験をした。とっても楽しかったよ！

「お疲れ様でした」

「とても楽しかったです！　貴重な体験をありがとうございました」

「どういたしまして」

受付のお姉さんにお礼を伝えると、嬉しそうな顔をして頷いていた。

その後、お土産コーナーで生卵を十籠分と、ココッコとホワイトバイソンのお肉を十キロくらいずつ、チーズ各種とミルクも大量に買った。

ドラール国から作り方が入ってきたのか生クリームもあったので、それも購入。

あとはミルククッキーとベイクドチーズケーキ、チーズスフレ。まさか、チーズケーキやスフレがあるとは思わなかった。

「大量に買ったなあ、リン」

「はい！　お留守番している従魔《じゅうま》たちに、食べさせてあげたいですし」

「そうか」

牧場を出たあと、詰め所に向かう。

相変わらず通りは人出が凄かったので、またエアハルトさんと手を繋ぐことに。

そしてスリに遭わないように注意深くしてたんだけど……

私に手を出そうとした輩《やから》たちが、またもやエアハルトさんに捕まっていた。

なんというか、あっという間の出来事で、正直、エアハルトさんがなにをしたのかわからなかった。

そしてそれを補助するように、ラズとスミレも触手と糸を出してスリを拘束している。

というか、今日だけで三回も私が狙われたことで、二匹はかなり怒って威嚇《いかく》してるし……

「はあ……またかよ。面倒だから、このまま引《ひ》き摺《ず》っていくか」

いい加減呆れた様子のエアハルトさん。

「そうですね」

「お前ら、詰め所の手前で堂々とスリをするとか……バカか？」

「「……っ」」

エアハルトさんもかなり怒っているのか、スリたちに対して一切遠慮がない。殺気にも似た視線を浴びせられた男たちが肩を跳ねさせ、ガタガタと震え出した。

詰め所に到着し、またスリを捕まえたと言うと騎士たちに苦笑されてしまった。

そしてスリを引き渡し、私たちは詰め所の中で昨日のことも含めた四回の件の説明をした。

「ありがとうございます。こいつらは組織で動いてるみたいでね。さすがに目に余るので、組織ごと潰すことになったんです」

「そうか……隠れ家はわかっているのか？」

騎士から今後の対応を聞いて考え込むエアハルトさん。

「それが……尋問してもなかなか吐いてくれないんですよね」

溜息をついた騎士二人を前に、エアハルトさんと顔を見合わせる。そこにスミレが感情を伝えてきた。

〈シュー、シュシュ♪〉

「あの……私の従魔《じゅうま》が、尋問を手伝うって言っています」

「従魔《じゅうま》が？　って……げっ！　エンペラーハウススライムと、デスタイラント！」

「はい。四回も私が狙われて、二匹がとても怒っています。それもあって手伝うと言ってくれているみたいなんです」

「…………主人がいるエンペラーとデスタイラントを怒らせるとは……」

バカなやつと言った言葉は、聞こえないふりをした。

その後、捕まえたスリたちの前にラズとスミレが出て、服の一部を溶かしたり噛み付いたりして、尋問を手伝っていた。

〈シュー♪〉

〈今度は指を溶かす？〉

「エンペラーはこの通りですし、デスタイラントに至っては、今は麻痺毒《まひどく》でしたけど、今度は猛毒を出しながら噛み付くって言ってますけど？」

ラズとスミレの言葉を聞いたスリたちは、ガタガタと震えながらダメリー商会に雇われていることや、組織のアジトの場所を吐いた。

用無しと言わんばかりに、部屋から連れ出された彼らは、また牢屋に入れられるんだそうだ。

「またダメリー商会かよ……」

「もしかして、先日盗賊を捕まえたのは」

「俺たちだな」

「やはりですか」

エアハルトさんと騎士たちが話をしている。

てしまった。

ダメリー商会の名前が出たところで、ラズとスミレ、エアハルトさんが不機嫌になっ

ダメリー商会には迷惑をかけられっぱなしだから、無理もないけどね。

「俺たちは王都に住んでいるから、もし賞金首《しょうきんくび》がいたなら、その報酬はギルド経由で頼む」

「わかりました」

そういってエアハルトさんは、パーティー名とリーダーである自身の名前を告げた。

すると、騎士の一人が「ガウティーノ家の……」って呟いていたから、エアハルトさんを知っているんだろう。

なんていうか、アイドルを見るような目で見ていたからね、その騎士さんは。

その後すぐに詰め所を出て、宿に向かう。なんだか精神的に疲れてしまったよ……

「ありがとうな、リン、ラズ、スミレ。これでこの町も、少しは治安がよくなるだろう」

「いえいえ」

〈いいよ~。リンばっか狙って、腹が立ったし〉

〈リン、マモル、タメ〉

「ああ、そうだな。よくやった！」

ずっと不機嫌そうだったラズとスミレだけど、エアハルトさんが褒めたら機嫌が

直った。

「お帰りなさいませ、エアハルト様、リン、ラズ、スミレ」

「「〈ただいま〉」」

〈タダ、イマ〉

部屋に戻るとアレクさんが出迎えてくれた。

中に入ると、グレイさんとユーリアさんはいなかった。温泉に入りに行ったんだって。従魔《じゅうま》たちを散々もふったりしながら二人が帰ってくるのを待っていると、十分ほどで帰ってきた。

そこで、ココッコを譲り受けたことと、私が何回もスリに遭いそうになったことを報告すると、三人は溜息をついていた。

従魔《じゅうま》たちは早くココッコを見たいと騒いでいる。

やっぱりココッコを見たかったんだね。帰るときに会えると伝えると、すっごく喜んでいた。

その後私は、大きなお風呂に入るために一人で大浴場へ。

誰もいなかったので、まったりと堪能しました！

みんなが寝静まった夜。喉が渇いて起きたら、一緒に寝ていたはずの従魔《じゅうま》たちが全員いなかった。

どこに行ったんだろう……？

心配だし、エアハルトさんを起こしたほうがいいのかなあと悩み始めたころ、全員帰ってきた。

しかも、超イイ笑顔で。

なんだかいつもと違う様子の従魔《じゅうま》たち。つい寝たふりをしてしまう。

〈これでリンママが狙われることはなくなったね、父ちゃん〉

〈〈全部騎士のところにほっぽって来たにゃ〉〉

〈リンを狙うなんてアホにゃ〉

〈ダメリー商会も、これで終わりにゃ〉

〈書類も騎士のところに置いてきたから、きっと今ごろはアジトと商会を調べてるんじゃない？〉

〈キット、ネ〉

〈さあ、早く寝よう。みんなに起きてこられては困ったことになるからな〉

寝たふりをしながら、従魔《じゅうま》たちの話を聞く。

もしかして……ダメリー商会やスリたちのアジトに突撃してきたの⁉

ラズとスミレはスリたちにかなり怒っていたし、まさかと思っていたんだけど……

私のために怒ってくれたのは嬉しい。だけど、なにも言わずに危ないことをするなんて……

これはどんなふうに注意したらいいのかわからない！

とりあえず今は寝たふりをしているし……と、明日報告してくれることを祈り、そのまま眠った。

起きてご飯を食べていると、騎士が二人、宿に来た。

私たちに話があるというので部屋に案内する。

「昨日、ダメリー商会とスリのアジトを捜索している際に従魔《じゅうま》たちに助けていただいたんです」

凄いイイ笑顔で話し始める騎士たち。

「ダメリー商会の悪事の証拠となる書類のありかがわからず探していましたら、そちらのエンペラー殿が見つけ、金庫の鍵を開けてくれたのです」

「それだけではなく、アジトから逃げようとしていた者たちを捕まえて、詰め所まで運んでくださいました」

「主人思いの、いい従魔《じゅうま》たちですね」

「「ありがとうございました！」」

一息にしゃべり頭を下げる騎士たち。

「い、いえ……」

「「「……」」」

ははは……まさかと思っていたけど、本当にやったのか！

従魔《じゅうま》たちは誇らしげに胸を張っているけど……私たちは遠い目をすることしかできない。

騎士たちはもう一度お礼を言うと、部屋から出ていった。

そしてエアハルトさんたちが、溜息をついて従魔《じゅうま》たちに声をかける。

「おい……」

「なにをやっているのかな⁉」

グレイさんが従魔《じゅうま》たちを問い詰める。

〈我らの主人を散々狙われたのだ〉

〈リンを大事に、そして大切に思っているラズたちが、怒らないわけないでしょ？〉

従魔《じゅうま》たちを代表して答えるロキとラズ。他のみんなもうんうんと頷いている。

「はあ……まったく。今回は騎士たちが好意的に受け取ってくれたから問題にはならなかったが、次も同じとは限らない」

〈そこはわかってるにゃ。にゃーたちも人を選ぶにゃ〉

〈そうにゃ〉

〈〈〈〈〈〈〈全部リンのため！〉〉〉〉〉〉〉

私のためっていうのは嬉しい。嬉しいけど……！

怒るに怒れなくて、結局は全員をもふって撫で回した。

もちろん、これ以上勝手なことや危ないことをしないようにと言い聞かせて。

従魔《じゅうま》たち全員がニヤリと笑っていたのを、私もエアハルトさんも見なかったことにしたのだった。

そんなやり取りがあったけど、気を取り直して東地区に出かけた。

そこで温泉饅頭と地獄蒸しを発見。

温泉饅頭の中に入っていたのはアジュキとさつまいもの餡子《あんこ》で、とても美味しい！

また食べたいからとお土産用にいくつか買ったら、エアハルトさんが意味ありげにじっと見つめてきた。

そんな視線をものともせず、地獄蒸しも三籠分買っちゃった！　買い過ぎたかなあ？

そして宿に帰る途中、突然あたりが騒然となった。なにかあったのかな。

「すみません！　医師か薬師を呼んでください！」

「旦那様と護衛が……！」

「魔物が……！」

慌てふためく騎士たちに、呆然と立ちつくす町の人々。

「え？　薬師？　魔物⁉」

「行ってみるか？　リン」

尋常ではない町の様子と、漏れ聞こえる薬師を探す声。

薬師を呼んでいるというなら行くよ、私は。

必要とされている以上、無視することなんてできない。

みんなと一緒に騒ぎの中心へ向かう。そこは東門に近いところだった。

門の先には大量の魔物がいて、騎士や冒険者が戦っている姿が見える。

そして門の中には大怪我をしている人がたくさんいる。

魔物に噛み千切られたのか、中には手足がない人もいた。

あの出血量だと、早く助けないとまずい！

「モンスター・スタンピードか！　グレイ、ユーリア、アレク、行くぞ！」

「ああ！」

「「ええ！」」

そう言って門の先へと走り出すみなさん。

「私は治療します！　ラズ、私の手伝いをして！　みんなはエアハルトさんたちについていって、魔物の殲滅をお願い！」

従魔《じゅうま》たちに指示を出して、怪我人の側へ向かう。

私は薬師だ。魔物の殲滅をするよりも、薬師として自分にしかできないことをしなければ。

「すみません、私は薬師です！　お手伝いさせてください！」

「助かる！　君はこの人を頼む！」

人手が足りていないからか、息つく間もなく怪我人を任せられる。

「はい！　ラズ、一回回復をかけよう！」

〈うん！　ヒールウィンド！〉

「ヒールウィンド！」

私とラズでヒールウィンドをかける。他の人々も回復やキュアをかけている。たしか、キュアは医師が使う【回復魔法】だったはず。それをかけているってことは、彼らは医師なんだろう。

持っているハイポーションを彼らに渡し、私も手当たり次第飲ませていく。

旅だからとハイパーポーションを持ってこなかったのは失敗だった！

ただ、私が作ったハイポーションはレベル5だ。かなり効果はあるはず。医師たちはそのレベルに驚いて、私をガン見していたっけ。

問題は、手足が千切れてしまった人だ。

そこまでの怪我はハイポーションでは治せない。

でも……手元に神酒《ソーマ》はない。だけど、薬草はいくつかある。足りないものは買うとして……

ここに住んでいるわけでもないし、見られてもいいや。

魔力だけで神酒《ソーマ》を作ってしまおう！

私のチートがバレたとしても、人を助けることができるならば安いものだ。

「すみません、新たにポーションを作りたいので、お店にある薬草と瓶を売ってくださ
い！」

「はっ、はいっ！」

一番近くにあったお店に駆け込み、目当ての薬草を探す。

私が作るのは神酒《ソーマ》だ。必要な薬草の種類の多さは半端じゃない。

お店にあった全種類の薬草をお願いすると、店員さんは驚きつつもすぐに精算してくれた。

ただ、さすがに内臓系の材料はなかったから困る。

周囲を見渡すと、エアハルトさんたちと交代したのか、さっきまで門の外で魔物と戦っていた冒険者たちが休憩していた。

もしかしたら彼らが持っているかもしれない。

「あの、お疲れのところをすみません。どなたかイビルバイパーとディア種の心臓、ベア種の心臓と肝臓を持っていませんか？」

「すまん、手持ちはないんだ」

「俺も……」

申し訳ないといった表情を浮かべる冒険者たち。

「俺が持っている」

「売ってください！」

「構わない」

そんな中で、快く申し出てくれたのは、ドラゴン族の人。ふと顔を見合わせると、なんとヨシキさんだった。

「「あっ！」」

「……今は急ぎだったな。金はあとでいいから、先にこれを」

「ありがとうございます！」

ヨシキさんから内臓を受け取り、手足が千切れている人たちのところに行く。

その周囲にいた医師や騎士、冒険者は諦めたような顔をしているけど、私は諦めない。

絶対に助けてみせるんだから！

「ラズ、もう一度回復をお願い」

〈うん。ヒールウィンド〉

「君は……いったいここでなにをするつもりかね？」

悲痛な面持ちの医師が私に問いかける。

「ポーションを作ります。とっておきです」

「「は？」」

布を広げ、そこに内臓と薬草、瓶を置く。そしてそのうえに両手の掌《てのひら》をかざし、魔力を注ぐ。

薬草と内臓が魔力を纏《まと》いながら光り始め、その姿をどんどん変えていく。

光が消えてそこに現れたのは、薄紫色をした、最上級のポーション。

「「な……っ！　神酒《ソーマ》だと⁉」」

驚いた様子の医師たちだけど、今は説明する時間などない。

「これを手足が千切れている人に飲ませてください！」

「「え、あ」」

「早く‼」

医師たち三人に神酒《ソーマ》を二本ずつ渡す。

そして私は、目の前にいる体格のいい男性に神酒《ソーマ》を飲ませようとしたんだけど、抱き起こすことができなかった。

くそう、私の非力！

どうしようと焦る私の視界に、ラズの触手と鱗《うろこ》がついた腕が入る。

「手伝うよ」

そう声をかけてくれたのは、ヨシキさんだった。

「ありがとうございます、ヨシキさん」

神酒《ソーマ》を男性の口に含ませたあと、怪我している部分にもかける。

すぐに体全体と欠損していた部分が光り、なくなった手足が生えてきた。

「うっ……、ここは……」

するとすぐに男性が目を覚ます。

「町の中です。もう大丈夫ですよ」

「だが、手足、が……？　なくなったはずじゃ……」

少しだけ残っていた神酒《ソーマ》を、男性に見せる。

「これを飲んでいただきました」

「こっ、これはっ！」

「だから大丈夫です」

あちこちから歓声が聞こえる。みんなきちんと手足が生えてきたんだろう。

私が担当した男性のもとにも、仲間たちが集まってきている。きっとこれで大丈夫だ。

ラズと顔を見合わせて、にっこりと笑った。

「ヨシキさん、ありがとうございます。お金を……」

「今はいい。あとで話ができないか？」

「……わかりました」

ずっと私の側にいて、手伝いをしてくれたヨシキさんは、なにか言いたげな表情をしている。

あとでいろいろと質問されるんだろうなぁ。

「とりあえず、私も門の外に行ってきますね」

「戦えるのか？」

「これでもBランクですし、上級ダンジョンにも潜っていますから。それに、頼もしい仲間と従魔《じゅうま》たちがいますしね」

「そうか……。あとで俺も向かおう」

「はい。無理はしないでくださいね」

「ああ」

ヨシキさんと別れ、近くにいた医師にもう一本神酒《ソーマ》を渡す。

「外で戦っていますから、なにかあったら声をかけてください」

「わかった。……本当に助かった、ありがとう」

医師もなにか言いたげな表情をしていたけど、気づかなかったフリをする。

「どういたしまして。ラズ、行こう！」

〈うん！〉

ラズと一緒に駆け出して、門の外に向かう。

そしてエアハルトさんたちの邪魔にならないよう、うしろから一番奥にいた魔物にテンペストを放つ。

もちろんラズも一緒だ。

私が来たのがわかったのか、エアハルトさんが一瞬だけこっちを見て笑う。

そしてすぐに真剣な顔をして、襲ってきた魔物を一撃で倒していた。

私も今から頑張ろう！

「ロキ、ロック！　真ん中あたりに落とし穴を作って！」

〈〈承知！〉〉

「レンとユキが右側、シマとソラは左側から【火炎魔法】ね！」

〈〈〈〈わかったにゃ！〉〉〉〉

「ラズとスミレは、いつもの通りに！」

〈〈はーい！〉〉

従魔《じゅうま》たちに指示を出し、メンバーや他の人たちにヒールウィンドを放つ。

彼らは突然回復して驚いたみたいだけど、エアハルトさんが「俺のパーティーメンバーだ！」と知らせると、すぐに安心して戦いを再開していた。

従魔《じゅうま》たちは私の指示に従って次々と魔物を倒してくれている。

たまに私のほうに魔物が寄ってきたけど、焦ることなくヴォーパル・サイズを出し、首を狙って振り下ろす。

まさか、私が大鎌で攻撃するとは思わなかったんだろう……メンバー以外の冒険者や騎士たちが唖然《あぜん》としていた。メンバーたちもいつの間にかレベルアップした私と大鎌を見て驚いていたけどね。

そんなこんなで魔法と大鎌を駆使して戦闘する。

休憩を終えた騎士や、別の地区にいた冒険者も集まってきて、彼らと一緒に戦うこと一時間。

ようやく魔物を全部倒し切った。長い戦いだったけど、なんとかなってよかった！

あとは解体するだけだ。

まあ、そこからは解体ができる冒険者と、ギルドから来た解体専門の人たちが大活躍だったけどね！

報酬はあとで渡すということで、エアハルトさんがギルド職員から木札をもらっていた。

ダンジョンと違い、外で魔物と戦った場合、ギルドタグにその情報が出るそうだ。

おおう……それは知らなかった……

血まみれだし泥だらけだし、さっさとお風呂に入りたい。

汚れを気にしていたら、ユーリアさんが魔法を使って綺麗にしてくれた。ありがたや～。

休憩しながら、どうしてモンスター・スタンピードが起きたのかを聞くグレイさん。

今回は小規模だったけど、モンスター・スタンピードは大きな被害をもたらす。

王族として原因を把握しておく必要があるのだろう。

あれで小規模なことに驚くも、グレイさんに聞いたところによると、最近魔物の間引きを怠っていたことが原因だとか。

明日から討伐隊を出す予定だったが間に合わず、とうとうスタンピードを起こしたそうだ。

それを聞いて、エアハルトさんとグレイさんは呆れていた。

「おいおい、いくらなんでも間引きを怠るのはダメだろう」

「さすがにそれは看過《かんか》できない。どうしてもっと早く、討伐隊を出さなかったんだい？」

「その……ギルドはもっと早く出そうとしていたんだが、領主代行が止めていてな……。自分たちも討伐したいから、その人員を派遣するまで待て、と」

タジタジになりながら説明する騎士。

「バカじゃないのかい、その領主代行は」

「ギルドももう少し早く動いていれば、スタンピードは起きなかった」

これは父上に報告しないと……なんてグレイさんが言っているから、余計なことをしてスタンピードを起こす原因になった人たちは、きっとなにかしらの処罰を受けるだろう。

そんな話を終えて門の中に入ると、さっきまで怪我をして倒れていたおじさんがいた。

「歩いて大丈夫ですか？」

「まだ少しふらつきますが、大丈夫でございます。ありがとうございました、薬師殿」

笑顔でお礼を言ってくれるおじさん。

元気になったならよかった！

「お礼をしたいのですが……」

「薬師として当然のことをしたまでです。だから大丈夫ですよ？」

「そういうわけにはまいりません！　あのような貴重なポーションを、わたくしだけではなく、護衛たちにも使ってくださったのです！」

どうやらおじさんは私が薬草を買ったお店の人だったらしく、お金がいらないのであれば、それに見合う商品をどうぞ！　と言われてしまい……

渋々ながらも大量の薬草をいただきました。

もしまたなにかあっても、ハイパー系を五十本は作れる量の薬草だ。

「ありがとうございました！」

「「「「ありがとうございました！」」」」

おじさんとその護衛、従業員に見送られ、店から離れる。

そこで偶然ヨシキさんに遭遇。

あのおじさんはヨシキさんにもお礼をしたみたいで、私と同じようにたくさんの荷物を持っていた。

「このまま話をしたいんだが……いいか？」

緊張した面持ちで話しかけてくるヨシキさん。

「いいですよ。エアハルトさんに一言断ってくるので、ちょっと待っててもらえますか？」

「なら、一緒に行こう」

ヨシキさんや従魔《じゅうま》たちと連れ立って、いろいろと指示を出しているエアハルトさんやグレイさんに近寄る。

「エアハルトさん、ヨシキさんと話をしてきますね」

「ヨシキ？　おお、久しぶりだな！　目的のものは採取できたか？」

親しげに話しかけるエアハルトさん。

「ああ。あのときは助かった。ありがとう」

「いや。ああ、話だったな。わかった、またあとでな」

「ありがとうございます」

「ありがとう。じゃあ、行こうか」

ヨシキさんに促され、一緒に歩く。

エアハルトさんは心配というか、よくわからない感情を湛えた目で私を見つめていたけど、グレイさんに呼ばれて、なにも言わずに行ってしまった。

うーん……なんだろう？　わからないことを考えても仕方がないか。

ダンジョンでの話なんかをしながら歩いてたんだけど、ヨシキさんからすっごい視線を感じる。

きっと、私が魔力だけで神酒《ソーマ》を作ったことが気になってるんだろう。

「えっと……私の顔になにかついていますか？」

なんとなく気まずくて自分から切り出してしまった。

「いや……リンは駐屯地《ちゅうとんち》という言葉を知っているか？」

「え……？　駐屯地《ちゅうとんち》……？」

ヨシキさんが発した予想外の問いかけに頭が混乱する。

まさか、この世界で駐屯地《ちゅうとんち》なんて言葉を聞くとは思わなかった。

どういうこと……？　ヨシキさんはなんで駐屯地《ちゅうとんち》って言葉を知っているの？

渡り人の子孫？　それとも転生者？

考えてもよくわからない。

「ああ、変なことを言ってすまない。リンは昔の知り合いに似ていてな。なにが楽しいのか、フェンス越しにずっと訓練中の俺たち自衛官を見てた子で……って、なにを言ってるんだ、俺は……」

「え……、もしかして……」

日本にいたときによく行っていた近所の駐屯地《ちゅうとんち》の名前を告げると、ヨシキさんは目を丸くして私を凝視した。

「まさか、君も転生者か……？」

「いえ、私は……」

「……泣かなくていい」

「あれ……？　えっと、止まらない……」

「大丈夫だから」

思わずポロリと涙が零れてしまい、焦る。

アントス様から転生者がいると聞いてから、ずっと話をしてみたいとは思っていたけど、いざ会ってみるとどうしたらいいのかわからなくなる。

しかも、ヨシキさんは私がよく行っていた駐屯地《ちゅうとんち》の名前を知っていた。

どうしてヨシキさんが知っているのかわからない。

どうしても涙が止まらないでいたら、ヨシキさんがそっと抱きしめてくれて、大きな手で背中をさすってくれた。

どうしてだろう？　どうしてこのタイミングで、ヨシキさんと出会ったんだろう？

考えれば考えるほどわからなくて、涙が止まらなくて……

しばらくそのまま、ヨシキさんに縋《すが》り付いて、泣いた。

「すみません……」

「いや、大丈夫だ。こちらこそ驚かせた」

やっと涙が止まった。落ち着いて話をしようと提案されたので移動する。

重要な話ができる場所――個室があって、尚且つ防音結界が張れる場所となると限られてくる。結局、その条件を満たす場所として思い浮かぶのは冒険者ギルドしかなかったので、ヨシキさんと連れだって向かった。

冒険者ギルドに到着し、ヨシキさんが部屋に備えられている防音結界を張ってくれる。

そこにレンとロキがさらに結界を張ってくれた。

従魔《じゅうま》たちを含めたみんなで串焼きや温泉卵、チーズケーキを食べ、紅茶を飲みながら話をすることに。

「まず、俺は日本からの転生者なんだ。あの駐屯地《ちゅうとんち》で自衛官をしていた。天寿をまっとうしたのちに、この世界に転生することになってな。そのときに神様と名乗る銀髪の男に、もしリンという女性を見かけたら、気にかけてほしいと言われたんだ」

「神様たちが、そんなことを……」

「ああ。ただゆっくり話をする時間はなくてな、詳しい事情は本人に聞けと銀髪の神に言われたんだが……リンはどうしてここに？　俺のように転生したのか？」

「いいえ。実は……」

ヨシキさんにはきちんと本当のことを話す。

もともと日本で暮らしていたけど、ある日アントス様のせいでこの世界に落ちてしまい、薬師として働くことになったこと。

魔神族のハーフになったから、魔力が桁違いに多いこと。

他にも従魔《じゅうま》たちやエアハルトさんたちと出会った経緯を話した。

それを聞いたヨシキさんは、私の境遇に驚いていた。

本名や、あの駐屯地《ちゅうとんち》でフェンス越しに訓練を見ていたのは自分だとしっかり伝えたら、つらそうに目を閉じるヨシキさん。

「そうか、銀髪の神――アントス神のせいか。くそっ、知っていたら思いっきり殴ったのに……。それに、リンがこの世界に来て半年ちょっとしか経っていないのは気になるが、今はいいか。急にリンが駐屯地《ちゅうとんち》に来なくなって、どうしたんだろうって仲間たちと話していたんだ。そうしたら、君が不審者に刺されて亡くなったとニュースになっていてな」

「向こうでは、私は行方不明じゃなくて、死んだことになっているんですか?」

「ああ」

転移したはずなのに死んでいるって、もう、本当にどういうことなのかな⁉

また神様たちに会って、いろいろとオ・ハ・ナ・シ！　したいよ！

「ヨシキさん以外にも転生した人はいるんですか?」

「おお、いるぞ?　どういうわけか、俺が生まれた国は転生者が多くてな。うちのパーティーメンバーも転生者なんだ」

「そうなんですね。私のように転移した人はいないんですか?　あと、召喚された人とか」

「転移は聞いたことないが、召喚は別の大陸でやらかしていた国があったな。聞いたのはそれくらいだ」

「そうですか……」

その後、日本の話をたくさんしてくれた。あと、今の生活の話も。

この旅が終わったら結婚するというヨシキさん。

結婚相手は、前世でも奥さんだった人なんだって。

いいなあ、前世でも今世でも夫婦になれるって。私にもそんな人がいればいいのに。

「そういえば、リンはカレーのレシピを知らないか？」

「知っています。いりま……」

「欲しい！」

「ははは……。わかりました。今書きますね」

作り方はわかるというので、材料だけを紙に書き出し、すぐに渡す。

「これが材料です」

「助かる！　最近になって俺の国にカレーが出回り始めたんだが、日本の味と比べると、とてもじゃないが食べられるもんじゃなくてな……」

「そうなんですね」

レシピを眺めているヨシキさんに、そういえば……と一応聞いてみる。

「そちらの国で買えないものはありますか？」

「んー……いや、大丈夫だ。どれも売っている」

材料はあってもスパイスの配合が秘伝のためにうまくいかなかったそうだ。

ヨシキさんや彼の仲間たちはカレーを自分たちで作ろうと模索したけど、詳しいスパイスの種類や分量がわからなくてうまくいかなかったという。

だから、国に帰ったらこのレシピを参考にカレーを作って食べるつもりだと、嬉しそうに顔を綻ばせていた。

ちなみに味噌と醤油は普通に売っているから、日本食が食べられない！　ってことはないんだって。

ダンジョンでも採れるけど、なんと味噌と醤油を作る職人さんが転生していて、彼らが必死に作り上げたらしい。麹菌《こうじきん》は日本独自のものだって聞いたことがあるのに、凄いよね。

お互いにいろいろ話してる中で判明したんだけど、前世でも私より長く生きて亡くなったヨシキさんは、すでにこの世界でも五百年以上生きているんだそうだ。

これがアントス様やアマテラス様が言っていた次元の差と時間の差ってことかあ……どういう仕組みなんだろう、ほんとに。

やっぱり、もう一度オ・ハ・ナ・シ！　しよう。なんだか説明不足なところがいろいろあるみたいだし、もう一度殴りたくなってきた！

ヨシキさんも何気に怒っているみたいだったから、アントス様に会える方法を教えちゃった。

そうしたら、とーーってもイイ笑顔で、サムズアップしてくれた。

たくさん話をしてギルドを出ると、あたりはすっかり暗くなっていた。

ヨシキさんのお言葉に甘えて宿まで送ってもらい、お別れする。

ヨシキさんは明日には温泉街を出て、アップルマンゴーやイチゴなど、ダンジョンで採った果物を持って国へ帰るんだって。

懐かしい迷彩服を見送ったあとで宿の部屋に帰ると、みんな先に戻っていた。

ご飯はまだ食べていないそうなので、一緒に宿の食堂に向かう。

「ヨシキとたくさん話せたか？」

席に着いたらさっそくエアハルトさんに質問された。

「はい。ドラゴンの国のことを教えてもらいました。あと、ダンジョンの話とか、食べ物のこととか」

「楽しかったようで、なによりです」

「とっても楽しかったです、アレクさん」

シチューを食べながら、当たり障りのない範囲でヨシキさんと話したことを教える。

本当のことを話したい気持ちはあるけど……今はまだ話すことができない。

ここが宿の食堂ということもあるし、第二王子であるグレイさんがいることも一因だった。

グレイさんのことを信用していないわけじゃない。だけど、過去の渡り人や転生者が王族にどういう扱いをされてきたのか知らない以上、話すことはできない。

もし監禁されて、知っている知識を話せと言われても困るのだ……そもそも私が知っていることなんて、高が知れているしね。

だから、もう少し様子を見て、そしてヨシキさんや神様たちに相談してから決めようと思っている。

食事を終えて部屋に戻ってくると、お風呂です。

みんなで部屋の露天風呂に入り、従魔《じゅうま》たちを含めてお湯のかけっこをして遊んだりした。

そのあとは寝る準備をしたんだけど、髪もだいぶ伸びてきたから、乾かすにも時間がかかる。

春になったら切り揃えようかな。

まあ、普段は魔法で乾かしているから、あまり関係ないんだけどね。

結局、大量の魔物を倒して疲れたからと延泊した私たち。宿を出て、そのまま牧場に向かった。もちろん、出発が一日延びることを、牧場には連絡済みだ。

「お、来たな。もう来ないいんじゃないかって、ココッコたちがずっと騒いでいてな……。落ち着かせるのに苦労した」

私たちを歓迎してくれる飼育員のおじさん。

「それはすまない。さあ、俺たちはこれから王都に行く。二日かかるが、おとなしくしてくれるか？」

《こけーっ！》

《ぴよーっ！》

「おとなしくしてるってさ」

エアハルトさんの言葉に、元気よく返事をする、ココッコ十七羽。

ふたつの家に行くとはいえ、よくよく考えると多いよね⁉

おじさんから餌のやり方と飼育の仕方、道中気をつけることなどを教えてもらう。おまけとして当面の餌もくれた。

お礼を言い、鳥籠を馬車の中に入れる。

かなり大きいけど馬車の中に入るの？　なんて思っていたら、グレイさんがなにか細工したらしく、中の空間が広くなった。

「説明は道中でね」

「……ハイ」

すっごく聞きたいんだけど、グレイさんに先に言われてしまった。

たしかに時間はたっぷりあるし、帰り道で聞けばいいだけだ。

従魔《じゅうま》たちとの顔合わせは休憩所ですることにして、みんなで空間が広がった馬車にのり込む。

御者はグレイさんからスタートだ。

ココッコたちが寒くないようにと、毛布をかける。

すべてを覆ってしまうと不安そうに鳴くので、一面だけは外が見えるようにしてある。

「ありがとうございました」

「こちらこそ。大事にしてくれよ？」

おじさんに挨拶をして、牧場をあとにする。

ココッコたちは寂しがるのかと思ったらそんなことはなく、なんだか楽しそうに鳴いていた。

おおう……大物の予感！

そんなココッコの様子を眺めていると、馬車がゆっくりと走り出す。

それから馬車の中が広がった理由を、グレイさんに聞いてみた。

「この馬車には、もし人数が増えたりした場合に備えて、空間拡張という【付与《エンチャント》】がかけられているんだ」

「へえ……そうなんですね。他の冒険者の馬車もそうなっているんですか？」

「ああ。滅多にないことだけど、外で寝るのが危険なときにこうやって馬車の空間を拡張して、中で寝ることがあるんだ。冒険者だけじゃなくて商人の荷馬車にも、同じ魔法がかけられているよ」

「なるほど～」

緊急時だけじゃなくて、今回のように荷物が増えたり、パーティーメンバーが増えたりすることがあるから、空間拡張の魔法がついていると凄く便利なんだって。

ただし、あとからつけるとと一っても高いそうで、大抵は馬車を作るときに一緒に依頼して、最初からつけてもらうんだとか。

便利でいいね、この世界は。まあ、不便なこともあるんだけどさ。

あっという間に牧場が遠ざかり、門に到着した。

御者をしているグレイさんに気がついたのか、門番二人が揃って敬礼している。

「ローレンス様……いえ、グレイ様、エアハルト様。ありがとうございました」

「道中お気をつけて」

「モンスター・スタンピードに関する映像箱は王宮に届けましたので、ご安心ください」

真面目な表情をした門番たち。

「ありがとう。助かるよ」

そんな様子を見て、グレイさんとユーリアさんが顔を見合わせ、なにかを決意したように頷いていた。

「また来るよ」

「是非！　薬師殿も我らの同僚を治していただき、ありがとうございます！」

「いえ。治ってよかったです。私もまた来ますね！」

「「お待ちしております！」」

手を振って私たちを見送る門番たちに、私たちも手を振って応える。

この町にはスリのようなどうしようもない人もいたけれど、職務に忠実な騎士たちや、優しい住人など、素敵な人がたくさんいたな。

またみんなで来られるといいけど……

もうじき休みが終わり、また忙しい日々が戻ってくる。

それはそれで楽しみだなあと思いながら、フルドの町にお別れをした。

順調に街道を走る馬車。今は、日本で風花《かざばな》や細雪《ささめゆき》と呼ばれる雪が散らついている。

三時間ほど走ると休憩所に着いたので、ご飯を食べる。

その休憩中にココッコと対面した従魔《じゅうま》たちは、それはもう喜んでいた。

ロキたち大型の魔獣を怖がるはずのココッコたちが、彼らをまったく怖がらなかったからね。

ご飯ができるまで一緒に遊んだり、ロキたちの毛皮に埋もれて暖を取っていたくらいだ。

やっぱり大物の予感！

そしてラズ以外は、仲魔《なかま》にならないと言葉が通じないはずなのになぜか通じ合ったようで、しきりに話したり頷いたりしている。

どんな話をしていたのか気になるけど、みんな仲良くできそうならいいかと、彼らの様子を微笑ましく見ていた。

そして次の休憩所に向かうために出発し、四時間後。無事に宿泊所となる予定の休憩所に着く。

他に誰もいなかったので少しだけ広く場所を取り、テントを広げた。

今回は私が夕飯を担当して、そのまま野営の見張りです。

ココッコたちが外に出たがっている様子だったので檻から出す。テントで囲まれている場所以外には行かないように言うと、私や従魔《じゅうま》たちのところから動くことなく、おとなしくしていた。

試しに、お米と小さく切ったキャベツを与えると美味しそうに食べていたので、おじさんがくれた餌がなくなったとしても大丈夫そうだ。

エアハルトさんにくっついてきたココッコたちも、同じように外に出してもらっていたので、彼らにもお米とキャベツを与える。

ちなみに今日の夕飯は温泉街で買った食材で作りました！

夕飯を食べたあとは、湯たんぽを持って寝るメンバーのみんな。

前回湯たんぽを寝袋の中に入れて寝たら思った以上に温かくて、よく眠れたんだって。

寒いと寝るのは苦痛だもんね。

みんなが寝てすぐ、雪が降ってきた。

「しまった……。雪がどのくらい降った段階で起こすのか、聞くのを忘れた……」

雪が酷くなるといろいろと危険なことが増えるので、話し合う必要があるのだ。

〈ふむ……。これくらいなら起こす必要もないだろう〉

「ほんと？　大丈夫？　ロキ」

〈ああ。だが、あと数時間後はわからぬから、交代するときに聞いてみるのがいいだろう〉

「うん、そうする」

細かい雪が降っては止み、降っては止む。

これでは起こしていいかどうかもわからないのだ。ロキが教えてくれてよかった。

火に薪《まき》をくべつつ、交代の時間まで待つ。

そして次の担当であるグレイさんとユーリアさんを起こし、雪がちらついていたことを報告。

話している今も、雪がちらちらと舞っている。

「これくらいなら大丈夫だけど……どうしようか……」

グレイさんも判断に迷っているみたいだ。

〈まだ平気だろう。明け方近くはどうかわからぬが〉

「そうだね。エアハルトと相談してからの判断になるけど、場合によっては夜明けと同時に出発することになるだろうね」

〈それがいいだろう〉

自然の中でずっと過ごしてきたロキは、雲の動きや気温などによって、天気がわかるみたい。気象衛星やテレビ、ラジオなんてないんだから、経験がものを言うもんね。

結局、エアハルトさんの担当の時間まで待つことにした。

場合によっては早く休憩所を出発するとのこと。

「さあ、交代しよう。リンは寝てね。なにかあったら起こすから」

「はい、わかりました」

グレイさんたちと交代して、従魔《じゅうま》たちやココッコたちと一緒にテントの中へ入る。

今日はシマが枕になると言うので許可を出したら、嬉しそうにしていた。

順番で枕になりたいって……可愛いなあ、従魔《じゅうま》たちは。

シマを枕に、従魔《じゅうま》とココッコたちに囲まれて一塊になって寝る。

こんな状態だから、温石《おんじゃく》や湯たんぽを試すこともできない。

まあいっかと苦笑しつつ、目を瞑《つぶ》るとあっという間に寝てしまった。


結局、雪が酷くなりそうだということで、夜明け前に起きて出発。

なんとか門が閉まる前に王都に着いた。

いろいろあったけど、とっても楽しい温泉旅行でした!

第四章　転生者、再び

温泉旅行から帰ってきた二日後。

今日は教会に行くのです。オ・ハ・ナ・シ！　するのです！

教会で祈りを捧げると、すぐに神様たちがいる空間に呼ばれた。

そして、今回もアントス様の顔が腫れあがったままなんだけど！

いったいなにがあったのかな⁉

それは置いておいて、アマテラス様とツクヨミ様がいらっしゃったので、単刀直入に話を聞く。

「今日はアマテラス様とツクヨミ様に質問があるんです」

「なにかしら」

「転生者であるヨシキさんから聞いたんですけど、どうして私は日本で死んだことになっているんですか？」

アマテラス様によると、私や私の周りの人の気持ちを考えたうえでの対処だったらしい。

私が異世界に行ってしまっている以上、友人知人が必死になって捜しても、絶対に見つけることはできない。

それだったら心苦しいけど、死んだことにしたほうが心残りがない。

死んだとわかっていれば、それ以上捜すことはないだろうから。

私の死体や犯人は、ツクヨミ様が用意した精巧な人形らしい。

犯人に刺された状況も、私を殺したあとのことも捏造《ねつぞう》したんだとか。

「無理がありませんか？」

「いいのよ、無理があっても。信じ込ませることが重要なの。……それが、神ってものなのよ」

おおう……ある意味メタな発言をいただきました。いわゆるご都合主義ってやつか。

納得したような、していないような。

そのあとは、ツクヨミ様とアマテラス様とヨシキさんの話や日本の話をした。

いつもお祈りやお供えしてくれてありがとうと感謝されたよ！

そんな話をしていると、アントス様が顔を上げてじっと私を見つめてくる。

なんだろう？

相変わらず顔が凄いことになっているから、思わず噴き出しそうになったよ。

「えっと……僕にお祈りやお供えは……？」

「え？　あるわけないですよ。だってアントス様からは迷惑しかかけられてませんし、私一人がお祈りやお供えしなくても、他の人がたーっくさんしてるじゃないですか」

「ガーン……」

そんな拗《す》ねたような顔をしたところで、アントス様がやらかしたことはなかったことにはならないし、個人的にも敬《うやま》えません。

そんなことを言ったら、地面にめり込むような感じで凹んだ。

一応、日本の神様と一緒にお祈りをしてるよ？　感謝の比率がまったく違うだけで。

そしてなにか思い出したのか、もうひとつあると、今度はアントス様から話しかけられた。

なんと、成長痛が出るかもしれないんだとか。

今さらそんなことを言われても……

アントス様曰く、日本人の体とゼーバルシュの世界の人の体は、微妙に作りが異なるそうだ。

アントス様の影響で魔神族のハーフになったとはいえ、異世界から来た私の体がこの世界に馴染むのには時間がかかる。

この世界の食材を食べたり、魔法を使ったりしたことで、徐々に私の体と魂がこの世界に馴染んできたから、この世界仕様に成長するんだとか。

だから、身長が少し伸びたり、成長痛や熱などの症状が出るかもしれないという。

成長痛って、かなり痛いんだよね。やだなあ……痛まないといいなあ……というか、そんな重要なことはもっと早く言ってよ！　終わったあとだったらどうするんだよ！

今まで病気ひとつしていないのに、急に熱が出たりしたらびっくりするよ！

なんてことを丁寧な言葉で問い詰めると、アントス様は若干青ざめた顔で謝罪してきた。

他には話し忘れたことがないか聞いたところ、特にはないと言われた。ほんとかなあ。

もし今後気になることがあったら、話せる範囲で教えてくれるという。

「全部じゃないんですね」

「神々《われわれ》にもルールがあって、話せないこともあるよ。特に未来のことに関しては」

「その割には、成長痛のことを話していますよね」

「成長痛は誰にでも起り得ることだし、リンの人生にたいして関係ないことなので、話ができるんだ。制限がある場合は言葉にもできないし、アマテラス様やツクヨミ様が止めておられるよ」

「なるほど」

神様にも話せることと話せないことがあるのか。

まあ、ルールは大切だもんね。それがないと、カオスなことになりそうだし。

特にアントス様は、またなにかやらかしそうだもん。

「まあ、将来がわかりきった人生なんてつまらないので、話さなくていいです。面倒なこともありますけど、結構楽しく過ごせていますしね」

「それはリンを見ていればわかるよ。僕のせいではあったけど、楽しく過ごせているならよかった」

微笑んでいるアントス様だけど……初めて会ったときもだけど、さすがにいろいろと聞いてないことが多すぎて、胸の中にもやもやが広がってしまう。

「たしかに今は幸せですけど……新たにやらかした分は、今から殴らせてくださいね？　それでチャラにしますから」

そんな提案をしたら、アントス様が明らかにギョッとした顔をして青ざめた。

反対に、アマテラス様とツクヨミ様は、すっごく楽しそうな顔をする。

従魔《じゅうま》たちに至っては、今にも飛びかかりそうにしているし。

「ああ、それはいい考えね、優衣」

「さすがですね」

ノリノリな様子のアマテラス様とツクヨミ様。

「えええっ⁉　そっ、そんな！　最初の一回で終わりじゃなかったの⁉」

「誰もそんなことを言っていませんよ、アントス」

「そうよ。サポートは任せてね、優衣」

アントス様は必死に回避しようとしているけど、アマテラス様もツクヨミ様も見逃すはずがない。

「ありがとうございます！　じゃあ、いきますね！」

「ちょっ、まっ‼」

力の弱い私が殴ったところで、アントス様にしてみたら痛くも痒くもないよね？　ということで、思いっきりお腹を殴った。

だって、アントス様の身長が高いせいで顔には届かなかったんだもん！

「いたたたたたっ！」

「優衣に殴られたって、たいした痛みはないでしょう？　さあ、従魔《じゅうま》たちも」

「わーい！　では、お言葉に甘えて！」

〈〈〈〈〈〈〈〈やったるでー！〉〉〉〉〉〉〉〉

「ぎゃーーーっ!!」

アマテラス様が許可をくださったからなのか、嬉々として襲いかかる従魔《じゅうま》たち。

これが原因で従魔《じゅうま》たちの種族がさらにとんでもないことになっちゃうんだけど……

このときの私はそんなことなど思いもせず、アマテラス様とツクヨミ様、アントス様がにんまりと笑っていたことにも、一切気づかなかったのだった。

一通りフルボッコが終わったら、緑茶を出してくれたアマテラス様。

久しぶりに飲んだ緑茶がとっても美味しくて、涙が出そうになる。

ゼーバルシュでも手に入るか聞いたら、無理だと言われてしまった。

がっかりしていたら、「なくなっても、追加してあげるわ」とアマテラス様が茶筒に入っている緑茶をくれたのだ！

「え……本当にいいんですか？」

「ええ。これからは淹れたお茶も一緒に供えてくれると嬉しいわ。ただしゼーバルシュにないものだから、転生者たちに飲ませるのはいいけれど、現地の人にはダメよ」

「わかりました」

そろそろ時間だからと、その場から離れることになった。

「ありがとうございました」

「「また会いましょう」」

「はい」

アマテラス様とツクヨミ様が、順番に抱きしめてくれた。

お香のようなとても懐かしくていい匂いがした。

もう一度ありがとうとお礼を言い、前回会ったときにもらい忘れた、私の魔力で動く泡だて器もしっかりもらって、教会まで送ってもらったのだった。

あ、どうして顔が凄いことになっていたのか、アントス様に聞くのを忘れた……。まあいっか。

「……。よし、頑張りますか！」

聞きたいことも聞けたし、日本の神様たちに抱きしめていただいて、元気も出た。

そして長い休暇が終わり、日常が戻ってくる。

ゴルドさんは故郷に帰っていたそうで、お土産におろし器をくれた。仲間と一緒にダンジョンに潜ってたときに出たんだって。

私が欲しがっていたのを思い出したから、もらってきたんだそうだ。

「ダンジョン産ですか……。私がもらってもいいんですか？」

「おお。五個も出たからな。お嬢ちゃんのことを話したら分けてくれたんだよ。その代わりと言っちゃなんだが、バーベキューコンロの作り方を教えたんだが……よかったか？」

「もちろんです！　あれは便利ですから、どんどん広まればいいと思います！」

「そう言ってもらって助かる。たしかにあれは便利だよな。ダンジョンに潜って、それがよくわかった」

おろし器は貴重なものだから買い取るって言ったんだけど、バーベキューコンロで儲けさせてもらったからそのお礼だと言われてしまった。それならばと、ありがたく頂戴しました！

他にも、干しブドウやナッツ類、料理に使うようなお酒もくれた。

「こんなにたくさん、いいんですか？」

「おう。こちとら世話になったからな。また面白そうなのがあったら言ってくれ。作るからよ」

凄くいい笑顔のゴルドさん。

「あ、だったら、作ってほしい鍋があるんですけど……」

「鍋ぇ？　どんなものだ？」

さっそくとばかりに蒸し器をお願いする。

口頭で説明するのが難しかったから、下手糞ながらも絵に描いて説明したら、な、なんと、ゴルドさんの故郷にある鍋にそっくりだとか。渡り人が伝えた鍋で、ゴルドさんの故郷では野菜を蒸して食べるのに使ったりするものなんだって。

おおう、まんまでした！

ふたつ欲しいと話し、値段の交渉は出来上がってからということに。

蒸し器があればおこわを作るのも楽になるし、他にもいろんなものが作れそう！

冬の間は冒険者が少ないこともあり、長期の休暇が終わってからも、月に二度は五日間の連休があった。

その間に、従魔《じゅうま》たちと一緒に特別ダンジョンに行ってビーン狩りと薬草採取をしたり、『フライハイト』のメンバーと一緒に北にある上級ダンジョンに潜ったり。

北の上級ダンジョンには珍しいものはなかったけど、必要な薬草と、ディア種とベア種の内臓をたっぷりと採ってきたよ！

メンバーたちには、私や従魔《じゅうま》たちのレベルが上がっていることを不思議がられたけど、そこはダンジョンに潜っていたからだと誤魔化した。

うう……本当に、そろそろ言い訳が苦しいなあ。

あと、教会に行って、アマテラス様やツクヨミ様、スサノオ様とお会いしたり、他の神様にもお会いしたりした。

またもやアントス様が出した影の魔物を使い、スサノオ様の指導の下で戦闘訓練をしたり、誰とは言わないけど、学問の神様にみっちり勉強を教わったことも。

案の定、私の出来の悪さに頭を抱えていたけどね！

他にもお菓子や料理をふるまって、お話をして。

あと、引き取ったココッコたちの小屋もできました！　みんな嬉しそうに鳴いていたっけ。

藁を小屋に敷き詰めたり、餌箱の中に餌や水を入れたり、教わった通りにきちんとお世話をしてるよ。

こんなふうに冬の間は楽しく過ごしました！

そして、あっという間に三月になった。

冒険者が戻ってきたのかポーションが売れ始めてきた。

それに新たに王都に流れてきたのか、それともランクが上がったのか、見たことがない冒険者も来るようになった。

フルドから来た冒険者もいたよ。うちの店のポーションの種類に驚かれたのは言うまでもない。

そして、雪が降る回数が減って、暖かくなってきた今日このごろ。

森では魔物の動きが少しずつ活発になってきているようで、遊んでいるときに遭遇することが増えた。

庭の木々も新芽が膨らみ始めているし、薬草も枯れることはなく、元気だった。

「これなら、今年の冬もこの方法で栽培できるね。ありがとう、スミレ」

〈イッテ、クレレバ、マタ、オル〉

「そうだね、そのときはお願いしてもいい？」

〈ウン！〉

ラズと一緒になってぴょんぴょん跳ねるスミレ。

最初からずっと一緒にいるからなのか、この二匹は本当に仲が良い。

もちろん、他の従魔《じゅうま》たちやココッコたちともね。

みんな仲が良くて本当によかったな～！

ココッコたちもここでの生活に慣れたのか、最近は一日に一個ずつ卵を産むようになった。【アナライズ】で見れば有精卵か無精卵かわかるから、助かる。今のところ、有精卵はない。


そんなこんなで森の雪がほとんど溶けたころ。

四月に入ってすぐ、ヨシキさんとそのお仲間らしき人がひょっこりお店に顔を出した。

「久しぶりだな、リン」

「え……ヨシキ、さん⁉」

「おお、本当にヨシキさんだ！　でも、どうして……」

「実はこの国に引っ越してきたんだ、クランの仲間と一緒に」

「クラン……？」

「ああ。それはあとで説明する。それと、俺たちのクラン全員、Sランクになったんだ」

「わあ、凄いです！　おめでとうございます！」

「ありがとう」

照れたように笑うヨシキさんと、一緒にいる人たち。おお、みなさんドラゴン族だよ！

「忙しそうだから、仲間の紹介は今度にするな。リンはいつ休みだ？」

「明日です」

「わかった。なら、クランホームに招待するから、そのときに話そう。またあとで連絡するな」

「はいっ！」

じゃあなと言ったヨシキさんと、手を振ってくれた仲間の人たち。

凄いなあ……全員がSランクになるなんて。

私もあとちょっとでAランクに上がれそうだから、頑張らないと！

お昼休みが終わるころ、お店を手伝いにララさんとルルさんが来てくれた。忙しかったからとても助かる。

その後、閉店間際にもう一度ヨシキさんがやってきて、ポーションを買っていってくれた。

「ありがとうございます」

「俺たちもリンのポーションには助けられてるからな。またあとでな」

「はい」

他にもお客さんがいたので、ヨシキさんはそれだけを伝えて店を出た。

それをララさんとルルさんが、不思議そうな顔をして見ていた。

「リンのお知り合いですか？　ドラゴン族の冒険者なんて初めて見ましたわ」

「はい！　仲間と一緒に王都に引っ越してきたんだそうですよ？」

「もしかして、以前エアハルト様がご案内した方かしら」

「そうですね」

「「まあまあまあ！　ライバル出現ですわ！」」

「意味がわかりませんよ、ララさん、ルルさん。ライバルって誰に対してですか？　……そういえば、もう婚姻したのかな。春になったらするって言っていましたから」

明日、その話も聞けるといいなあ……なんて考えている私を、ララさんとルルさんがにんまりとした顔をして見ていたとかいなかったとか……。

そして冒険者が途切れたタイミングで閉店し、片づけをする。

ララさんが晩ご飯に誘ってくれたので頷き、あとで拠点に行くと話した。

お金の計算をして、在庫や買い取った薬草の確認をしていると、さっそくヨシキさんから連絡がきた。明日の待ち合わせ場所は私の店の前ということに。

うちから歩いて五分のところにヨシキさんたちの拠点があるんだって。ずいぶん近いんだなあ。

ココッコたちに餌とお水をあげたあとは、従魔《じゅうま》たちを連れて拠点へ。

「ヨシキが来たんだって？」

「はい。耳が早いですね」

ご飯を食べているとき、エアハルトさんにヨシキさんのことを聞かれた。

たぶんララさんとルルさんが教えたんだろう。

「この国に引っ越してきたと言っていました。なんだっけ……クランって言ってたかな？　その人たちと一緒でしたよ？」

「……そうか」

ん？　なんだか、エアハルトさんが沈んでる？　なんで？

「明日は休みだよな。なにか用事があるか？」

「明日はヨシキさんたちの拠点に行く約束をしてるんです」

「そ、そうか。なら、またの機会にする」

んんん？　なんだか変だぞ？　エアハルトさん。

なんだろうなあと思いつつも他愛もない話や、今度みんなが行くダンジョンの話をして解散となった。

ご飯を食べたあとはココッコたちに「おやすみ」と告げて、家の中へと入った。

どんな人たちなのかな、ヨシキさんの仲間たちって。Sランクになるだけあって優秀なんだろう。みんなドラゴン族だったし、綺麗な黒い鱗《うろこ》の人たちばかりだった。

それに、クランってなんだろう？　さっきエアハルトさんたちに聞けばよかったなあ。

明日ヨシキさんに聞こうと思い、明日のためにいろいろと準備をすると、従魔《じゅうま》たちと一緒に眠った。

そして翌朝。

「おはよう、リン」

私よりも早く待ち合わせ場所に着いていたヨシキさん。

「おはようございます。従魔《じゅうま》たちもいるんですけど、いいですか？」

「ああ、もちろん。仲間たちにもそう言ってるからな」

「ありがとうございます！」

ヨシキさんたちの拠点まで歩いて移動したんだけど……なんと、ヨシキさんたちの拠点は、私も一度家を買うときに内見に行った、オンボロな建物があった場所だった。

あのオンボロな建物を建て直したというんだから凄い。

さっそく家の中にお邪魔させてもらう。

私を待ち構えていたのは、女性が四人と男性が六人、そしてドラゴンの姿の赤ちゃん。

鍛冶《かじ》をする人、医師と薬師、大工さんと冒険者。みんな同じクランの人たちなんだって。

だけど、ドラゴン族には鍛冶《かじ》師や薬師はいないとアントス様から聞いていたのに、どうしているんだろう？　そのうち、聞いてみよう。

「ここにいる全員が、転生者だ。そして、リン……いや、優衣のことを知っている」

「え……？」

全員が私を知っているってどういうこと？　私も知っている人なんだろうか。

だから、一人一人の顔をじーっと見たんだけど、さっぱりわからない。

「ははっ！　まずは自己紹介からだな。オレはセイジ。前世ではあの駐屯地《ちゅうとんち》で自衛官をしていたんだ」

「あたしはマドカよ、優衣ちゃん」

「私はタクミだ。前世も今世も医者だよ、優衣」

「わたしはミユキよ。前世は看護師、今世は薬師なの。優衣ちゃんにポーションの作り方を教えてほしいわ」

「え……？　ええっ⁉」

鍛冶《かじ》師はライゾウさん、大工は双子のお姉さんでミナさんとカヨさん。

元自衛官のキヨシさんとサトシさん。

元自衛官たち以外の名前は、どれも聞き覚えがある。施設にいたときに聞いた名前ばかりだった。

「あ……もしかして、会社の先輩、隣の病院にいた拓海《たくみ》先生と美幸《みゆき》さん？　あと、町内会の会長さんに、施設を直しに来てくれていた大工のお姉さんたち。名前はわからないけど、いつも見ていた自衛官さんたち……ですか？」

「「「「「「「「せいかーい！」」」」」」」」

声を揃えてサムズアップしているみなさん。

え？　本当に全員私の知り合いだったの⁉

予想外の出来事に驚くとともに、目頭が熱くなって、つい涙が出てしまう。

再び転生者に会えたうえに、みんな元々の知りあいで……

しかも、私のことを本名である「優衣」と呼んでくれたのだ……こんなに嬉しいことはない。

「やっと……やっと会えたし、ずっと紹介できなかった旦那を紹介できるわね」

すこし涙ぐみながら私を抱きしめるマドカさん。

「円香《まどか》先輩……。みなさん前世と同じ名前なんですか？」

「ああ。不思議なことにね」

「どうせ、アントス様がお節介でもしたんじゃないかしら？　そのせいでドラゴン族なのに、薬師や鍛冶《かじ》師になったような気がするんだけれど」

「「「「「「「「ありえる！」」」」」」」」

私以外の全員がミユキさんの言葉に頷いている。

あ～、アントス様ならやりそう！

身近にいた人たちがこの世界にいることが嬉しい反面、転生したってことは日本では亡くなっているということで……

とても複雑だったけど、わざわざこの国に引っ越してきたというみなさんを歓迎しようと思う。

まずはクランの話から。

クランとはある一定の目的を持つ者の集団のことで、小さなギルドだと思えばいいと教えてくれた。ヨシキさんたちは転生者という共通点と、「私を捜す」という目的もあって、クランを設立したんだって。

みなさん転生したときに、アントス様から私のことを聞いていたらしい。

私のことを捜してくれていたなんて……本当に嬉しい。

クランの名前は『アーミーズ』。お店で言っていた通り、全員Sランクだ。冒険者や商人のランクかと思ったら全員がそうというわけではないらしい。

詳しく聞くと大工や鍛冶師《かじ》など、職業にもランクがあるんだそうだ。

私はどうなんだろう？　そういうのって、どうすればわかるのかな。

「自分の職業のランクって、どうすればわかるんですか？」

「自分の手を見て、【アナライズ】を発動すればいい」

なにを今さら……といった表情のヨシキさん。

「そんなに簡単なことだったんだ……」

「というか、リンは従魔《じゅうま》たちのレベルやランクをどうやって知ったんだ？」

「えっと、【アナライズ】を発動させて……あ！」

従魔《じゅうま》たちのランクを見るのに【アナライズ】を発動させていた。

その感覚で自分を見ればいいのかと凹んでいたら、ヨシキさんたちに苦笑された。

「優衣ちゃんはそういうところが抜けてるわよね」

「うう……」

マドカさんに指摘されて、さらに凹んでしまった。これではアントス様のことを笑えないよ……

ちなみに、初めは幼馴染でもあったヨシキさんとマドカさん、タクミ先生とミユキさん、ライゾウさんの五人でパーティーを組んでいたんだけど、その後セイジさん、キヨシさんとサトシさん、ミナさんとカヨさんの順に加わって、クランにランクアップしたという。

そしてクランを設立したあと、お味噌や醤油、日本酒やビール、納豆やお豆腐を作る職人とも出会ったりして、彼らと交流を深めたりしながら私を捜していたんだって。

おおう……やっぱり日本酒やビールを造ってたよ……。そして納豆も。

レシピがあるからこの世界にもあるとは思ってたけど、まさかこんな形で知るとは思わなかった！

「お土産として持ってきているから、あとで渡すな」

「本当ですか⁉　わーい！　特に納豆と日本酒は助かります！」

「ははっ！」

「ビールは飲めないので、『フライハイト』のメンバーに渡してもいいですか？」

「ああ、構わない」

「やった！　エアハルトさんが喜びます！」

「ふうん……？」

なんかエアハルトさんの名前を出したら、全員ニヤリと笑ったんだけど……なんで⁉

ちなみに、ヨシキさんたちはもともと貴族だったそうだ。

だけど、みんな家を継ぐ必要がない立場だし、自分たちは貴族の生活が窮屈だからと貴族籍を抜けて平民になったんだって。

「元が日本人だから、どうしても貴族としては馴染めなくてね。それもあって、貴族を辞めたの」

「そうですか……」

前世の記憶があるというのも、楽じゃないいんだろう。なんか、聞いちゃいけなかったのかもと後悔してしまった。

「前世の記憶があるってのは、なかなかめんどくさいんだ。オレは特にそういうのが強くて、さっさと冒険者になっちまったんだよ」

しみじみと呟くセイジさん。

「そうなんですか？」

「ああ。オレは体を動かすのが好きなんだ。それで、騎士か冒険者を目指してたんだが……自衛官時代の動きが出てしまってな、誤魔化すのが大変なんだ。その点冒険者ならなにも言われないしな」

「へえ。今度一緒にダンジョンに潜ってみたいです！　あ、でも、お店があるから無理かなあ……」

「あら。それなら、わたしに店番をさせてくれないかしら。薬師だもの、ポーションのことはわかるわよ？　それに、タクミの薬も置いてもらえると嬉しいわ」

ミユキさんの提案に、驚くと同時に嬉しくなる。

ミユキさんと薬師トークをしたところ、ハイ系までは作れるけど、ハイパー系と万能薬はあと一歩ってところなんだって。

私はハイパー系と万能薬だけでなく、神酒《ソーマ》も作れると言うと、神酒《ソーマ》は無理だろうけど、ハイパー系と万能薬は作り方のコツを教えてほしいと言われた。

「いいですよ。なら、別の日に一緒に作りませんか？」

「ありがとう！　助かるわ！」

姿形はまったく違うのに、にっこり笑った顔が日本にいたときのミユキさんに重なって見えて、なんだか懐かしくなった。

それからはお互いの料理をテーブルに出して、ご飯を食べながら話す。

私が作ったものに、『アーミーズ』の女性陣が作った料理。

普通のコロッケに加えてコーンクリームコロッケ、カボチャコロッケ。

他にもハンバーグやベーコンのポテト巻き、煮込みハンバーグ、グラタンに餃子、茶碗蒸しがあった。

サラダは温野菜が中心で、スープはたまごスープとオニオンスープ。

ハンバーグ系はともかく、他は作ったことがないものばかりだったから、すっごく嬉しい！

そして私は、お酒のおつまみとして枝豆も用意。他にもお餅、ピーマンの肉詰めとしいたけに似たキノコの肉詰め、魚介類と肉じゃがを出した。

内陸なのに魚介類があることとその種類の豊富さに驚かれたので、魚介類はダンジョン産だと教える。

「それにしても、よくひき肉を作れたわね。あれって大変なのに」

「ミンサーがあるんです。ダンジョンで出るそうですよ？」

「「「「なんですって⁉」」」」

女性陣が一斉に食いついてきたので、アントス様から聞いた上級西ダンジョンの中ボスの話をすると、女性陣だけじゃなくて男性陣にも驚かれた。

他にも、枝豆は特別ダンジョンの第一階層で手に入ると教えると、俄然張り切り出したのがなんとも笑える。

そして最後に湯豆腐を出すと、目を丸くしていた。

「え……この国でも豆腐を作っているのか？」

驚いた様子のヨシキさん。

「違います。これもダンジョン産なんです。さっき言った特別ダンジョンにいる、ビーンっていう魔物が落とすんです。体色によってドロップ品が違うんですよ」

「こんにゃくは？」

「この国のとある領地の特産物です。最初はその領主の子息である騎士の方からいただいたんですけど、最近になって商会で売り出されるようになったので、いつでも買えると思います」

「なるほどな。これはとっとと初級から攻略して、さっさと上級に行くか」

「そうだな」

ダンジョンに潜る気満々な元自衛官たちとマドカさん。

特別ダンジョンや上級ダンジョンに行くときは、私も一緒に連れていってくれると言ってくれた。

「でも……」

「大丈夫。ちゃんとパーティーリーダーのエアハルト殿に話を通す」

他にももち米の話から、ライゾウさんが臼《うす》と杵《きね》を作ると言って慌てたり、神棚の話をしたり。

マドカさんの旦那さんがヨシキさんだと教えられて驚いたりした。ヨシキさんに「婚約祝いの焼肉が食いたかった！」と言われて、笑ってしまった。

とにかく、お互いが驚くようなことばかり話して……従魔《じゅうま》たちも紹介しました！

女性陣が触ろうとしていたけど、私一筋だからとやっぱり触らせなかった。

本当にブレないなあ、従魔《じゅうま》たちは。でも、それがとても嬉しい。

「もし、家の状態がおかしかったら、あたしたちに言ってね？　見てあげるから」

優しい言葉をかけてくれるミナさんとカヨさん。

「いいんですか？」

「もちろん！」

「妹ができたみたいで、嬉しいし」

「「でも、報酬はもらうからね？」」

「ははは……」

前もそうだったけど、二人は、ちゃっかりというかしっかりしていた。女性の大工さんというのも珍しいのに、もっと珍しい宮大工さんだったんだから凄い。

その経験は転生した今も生きていて、釘がなくても家や小屋を作るのはお手の物なんだとか。

そして町内会の会長さんは、鋳物《いもの》を扱っていた人だった。それもあって鍛冶師《かじ》になったんだって。

「優衣ちゃんの武器はなんだ？」

「大鎌です。薬師専用の武器だそうです。あ、そうだ。アントス様情報なんですけど、中級ダンジョンのラスボスを倒すと、自分の得意な武器か防具、職業に合った武器が出るそうなので、欲しいのであれば一緒に潜ることをおすすめします」

「「「「「「いいことを聞いた！」」」」」」

嬉しそうにしているみなさん。

特に元自衛官組はなかなかいい武器がなくて、困っていたそうだ。

たくさん話をしていたら、あっという間に夕方になってしまった。

晩ご飯までご馳走になったあとは、セイジさんに店まで送ってもらった。

「ありがとうございました」

「いいっていいって。また遊びにおいで」

「はい！」

「じゃあね」

手を振ってくれたセイジさん。

その姿が見えなくなるまで手を振り返し、ココッコたちの餌や水やり、掃除をして家に入る。

「楽しかったなあ……」

〈よかったな、リン〉

ロキが優しい声で、話しかけてくれる。

〈気持ちのいい人たちだね。ラズも気に入った〉

〈スミレ、モ〉

〈〈〈〈我らもにゃー〉〉〉〉

〈ボクも！〉

「そう言ってくれると、とても嬉しい。向こうにいるときも、みんな優しかったよ」

ラズとスミレだけじゃなく、他の従魔《じゅうま》たちも『アーミーズ』のみなさんを気に入ったと言ってくれて、嬉しい。

今日は楽しくて、ちょっとはしゃぎすぎたからなのか疲れてしまったので、さっさと布団に潜り込むと、あっという間に眠ってしまった。

朝起きたらなんだか怠かった。

こんなことは初めてだと思いつつ、神棚にお供えをしたり、朝ご飯の支度をしたりする。

朝ご飯には、お土産にもらった納豆を出した。ライゾウさん曰く、昔懐かしい藁納豆だという。

私はパックのものしか食べたことがないと言ったら、「時代かねぇ……」と寂しそうに呟いていた。

それはともかく、久しぶりの納豆だったんだけど、従魔《じゅうま》たちにとっては嫌な匂いだったらしく、食べようとしなかった。なので、もらった納豆は独り占めです！

他に従魔《じゅうま》たちからリクエストされたシャケや玉子焼きなどを出した。

異世界で純和風な朝食とはこれ如何《いか》に。

それはともかく、納豆にロングネーギのみじん切りとココッコの卵を入れ、これまたお土産にもらった海苔をもんで入れた。

海苔は、マドカさんの実家の特産品なんだって。

「うう……久しぶりだから、美味しいーーー!!」

〈そんな臭いものが美味しいとは……リンは変わってるな〉

複雑な表情をしているロキ。

「向こうにいたときも、ロキたちと同じように匂いがダメで食べなかった人もいるから、好《す》き好《ず》きなのかも」

白いご飯に納豆が美味しくて、ついご飯をおかわりしてしまった。もうお腹いっぱいです。

ご飯を食べたあとはココッコたちを小屋から出し、庭の手入れをする。

雛たちも日々成長して、もうじき親と大差ない大きさになりそうだ。

彼らのために番《つがい》を用意したほうがいいのかなあ？

でも、これ以上増えてもお世話が大変そうだし……

しばらく様子を見て、番《つがい》が欲しいと言ってきたら考えよう。

庭の薬草たちもかなり青々としてきていたので、採取できる分はしてしまう。

特にミントは「ミントテロ」といわれるくらい簡単に増えるから、かなり早いペースで採取できてとても助かる。

ミントはポーションの基本だからなにを作るにも必要だし、作るポーションのランクが上がるに従って使う数も増えるからね。

他にもタイムやローズマリー、レモングラスやバジルなど、日本で料理に使っていたハーブ類がポーションの材料なんだから面白い。

こんな感じで、必ず使うような基本的な薬草はすべて栽培しているから、あとは足りないものをダンジョンで採ってきてもらったり、買い取ったりしているのだ。

庭の手入れを終え、家に入ろうとしたところにタクミ先生とミユキさんが来た。

ミユキさんの腕の中には、すやすやと眠る赤ちゃんがいる。昨日も見た赤ちゃんだ。

ドラゴンの姿だけど、とても可愛い！

「『おはよう、リン』」

家の外だからか、私のことをリンと呼ぶ二人。

「おはようございます。どうしました？」

「先に店を見せてもらいたくてね。できれば、私が作った薬も置いてほしいし」

「それは構わないんですけど、先生は診療所を開かないんですか？　あと、ポーション屋も」

「ポーション屋はともかく、診療所は開く予定だ。だが、まだ環境が整っていなくてね。今、大至急でライゾウやミナとカヨが作ってくれている」

「そうなんですね。じゃあ、こちらにどうぞ」

先に庭を見てもらい、裏口から入ってもらう。

休憩所を通り抜け、店内へ。レジカウンターや店内を見ながら、ポーションを手に取るお二人。

「凄いわ……。本当に万能薬と神酒《ソーマ》があるのね」

「ハイパーポーションも両方作れるとはね……」

「「しかも、どれもレベルが最高ランク！」」

【アナライズ】を発動させているんだろう……すっごく驚いていた。

「ありがとうございます。ミユキさん、ハイパー系や万能薬の材料はわかりますか？　それとも、一度確認しますか？」

「わかるけれど、確認をお願いしてもいいかしら？　なにがダメなのか、さっぱりわからないのよ」

「じゃあ、あとで紙に書きますね」

そんな話をしながら、ポーションを補充する。

暖かくなってきているとはいえ日中はまだ少しだけ寒いので、暖炉の火を熾《おこ》した。

その後、いつものように鍋に水を入れると先生が覗いてきた。

「ああ、そこに暖炉があったのか。その鍋はなにかね？」

「加湿器代わりなんです。風邪の予防になるので。これを王族であるグレイさん――第二王子のローレンス様に伝えたら、ローレンス様から王宮医師のマルクさんに伝わって、そこから国中や隣国にも伝わってます」

「そうか。私たちも自国で広めていたが、このあたりまでは伝わっていなかったんだな」

さすが先生、とっくに伝えていましたか！

「まだ私が貴族のときに伝えたんだがね、実家の領地と付き合いがある貴族やその領民はきちんと実行してくれたが、当時の王がまったくと言っていいほどダメだったんだ」

「わたしも、もちろんヨシキたちも同じようにしたけれど、当時の王が本当に愚王で、王太子殿下たちが苦労していたわ」

「あ～……」

先生とミユキさんの言葉に納得する。王族が腐っていると、国はダメになっていくもんね。

「鍋ややかんの加湿器や、濡れタオルを使った風邪対策を実行していた領地は、風邪のシーズンが来ても死者が出なかった。だが、実行しなかった領地は、少なからず死者が出た」

「その差に気づいた王太子殿下――現在の陛下と宰相である第二王子、騎士団長である第三王子が前王や上層部などの周囲を説得したけれど、ダメだったの」

当時を思い出しているのか二人して溜息をついてる。

結局、その愚王が風邪をひいて亡くなったことをきっかけに、王太子様がやっと国を建て直したのがここ十年ほどなんだって。

先生たちは百年前に平民になったけど、先生のお父さんは王宮薬師だから、先生が平民になった今もそういった話をしてくれるみたい。

王宮薬師がいるなんて、先生の実家って凄いなあ。

ミユキさんの実家は普通の貴族なんだとか。

ドラゴン族初の薬師ということで、今は実家と先生の実家が後ろ盾になっているんだって。

「え？　後ろ盾があるのに、国を出ちゃって大丈夫なんですか？」

「もちろん平気よ。後ろ盾があるということは、他国ではその薬師をいいように使うことができないってことなの。私が自由に生きるための助けのひとつであって、行動を制限するものではないわ」

「やっぱり、大事なんですね……」

軽く考えないでよかった！　後ろ盾になってくれた人たちに感謝だよ。

そんな話をしているうちに、開店時間となってしまった。

手伝わせてほしいとミユキさんにお願いされたので、袋詰めをお願いする。先生もレジを手伝ってくれると言うのでありがたく頷いた。

今日の護衛従魔《じゅうま》はロックとソラだ。二匹はカウンターやドアの近くにいる。

開店準備が整ったので、店を開ける。

お客さんたちはドラゴン族のお二人を見て驚いていたけど、私の知り合いだと言うと納得していた。

お客さんが途切れて暇ができたら、二階に行ってポーションを作り、補充する。

そんな私の様子を、ミユキさんは興味深く見ていた。

あっという間にお昼になったんだけど、なんだか疲れてしまった。

たいして忙しくなかったのに、どうにもかったるい。

午後も手伝ってくれるという先生とミユキさんの言葉をありがたく頂戴することに。

お礼にお昼をご馳走しようとしたら、作ってくれた。嬉しい！

サンドイッチとスープ、温野菜サラダとシンプルなメニューで、食欲がなかったから助かる。

そのあとでミントティーを飲みながら二人と話していたんだけど、なんだか体が熱い。

「優衣、顔が赤いぞ？　熱でもあるのか？」

営業中はリンと呼んでいたけど、家の中にいるからなのか優衣と呼んでくれる先生。それがとても嬉しい。

「熱ですか？　今まで出したことなんて、一度もないです」

「たしかにそうだな。だが、もしかしてという場合もあるだろう？」

「そういえば、アントス様にもこの世界に体が馴染んだことで成長痛が出たり、高熱が出るかも、とは言われました」

アントス様に言われていた、私がこの世界に転移してしまったことで起り得る可能性の話をすると、先生がなにか考え込んでいる。

「ふむ……。優衣、悪いんだが、作業場を見せてもらってもいいかね？　どんな薬草があるか見たい」

「いいですよ。こっちです」

散らかっていますけど、と一言添えて、作業場を案内する。

私が常備している薬草の種類の多さに先生もミユキさんも唖然《あぜん》としていたけど、ほとんどがハイパー系と万能薬、神酒《ソーマ》の材料だと説明すると納得していた。

その中にあった青いキノコを手に取り、薬草をじっくり見る先生。

なにを考えているのかわからないけど、腕を組み、右手を顎に当ててじーっとしている。

「……よし、材料は揃っているな。優衣、ここにある薬草のうち、いくつか譲ってくれないかね？」

「いいですよ」

欲しいものを取ってもらうと、その代金を渡された。

そして持っていた鞄から道具を出すと、なにやら作り始める先生。

あっという間に完成したのは、解熱剤と見たことがない薬だった。

それにしてもすっごく手際がよくて早かった。とても勉強になる。

「これを飲んで。解熱剤と、念のための鎮痛剤だ。成長痛じゃなければいいが、もしそうなら子どもでも痛いのに、大人になった優衣だと相当痛いと思う」

「え……そ、それは嫌です！」

「だろう？　だから、痛みを和らげるためにも今のうちに飲んでおきなさい。それで、夜まで様子をみよう」

「わかりました」

さすが医師、ちゃんと考えてくれているんだなあ。

渡された薬を飲んで庭に行き、ココッコたちの世話や薬草の世話をする。

それから家に戻ってポーションの材料を紙に書き、ミユキさんに渡した。

そうしている間に午後の開店時間近くになったので準備をし、開店です。

先生とミユキさんに手伝ってもらってよかったよ……

どんどん体が熱くなってきたし、なんだか寒気がするし。

それに膝などの関節も、時間が経つにつれて痛くなってきている気がする。

あとちょっとで終わりだから頑張ろう！　と気合を入れたところで、エアハルトさんが来た。

「エアハルトさん。どうしました？」

「五日後から西の上級ダンジョンに潜るから、ポーションを買いに来た。というか、リン。顔が赤くないか？　それに、一緒にいる人たちは？」

「あ、そっか。初対面でしたよね。タクミ先生、ミユキさん。彼がエアハルトさんで、私が所属している『フライハイト』のリーダーです。そしてエアハルトさん。こちらのお二人は、ヨシキさんがリーダーの『アーミーズ』に所属しているご夫婦で、医師のタクミさんと薬師のミユキさん。赤ちゃんはお二人のお子さんです」

「はじめまして。タクミです。彼女は僕の妻で、ミユキです」

「はじめまして。ミユキと申します」

「はじめまして。エアハルトと言います」

それぞれが握手をしているけど、タクミさんとエアハルトさんは探るような目をしてお互いのことを見ている。

そんな二人を、ミユキさんが呆れたように眺めていた。なんでそんな顔をしているのかな⁉

「というか、どうしてリンはそんなに真っ赤な顔をしてるんだ？」

挨拶し終わったのか、再び話しかけてきたエアハルトさん。

「えっと、今朝からなんだか体が熱いんですよね。それでですかね」

「風邪でもひいたか？　終息宣言が出たとはいえ、まだまだ油断できない時期だからな。薬は飲んだか？」

「はい。タクミ先生が作ってくれました」

「そうか」

そんな会話をしながらも、なんだか頭がぼんやりしてくる。

やだなあ……。まさか、本当に熱が出たとかなのかな。

困るなあと思いつつ、エアハルトさんに薬草採取の依頼をして、報酬を決めた。

ポーションの袋詰めや代金の計算はミユキさんと先生がしてくれている。

「まあ、あまり無理すんなよ？　って、リン？」

「え……？」

エアハルトさんの声が遠くに感じる。

急に視界がぼやけてきて、目を瞑《つぶ》った。

「「リン！」」

〈リンママ！〉

〈リン！〉

「リンちゃん⁉　大変！」

ぼふっ、とふわふわなロックの毛並みに顔を埋めたような感触がしたけど、どうして

そんなことが？　それに、なんだか三人が慌てているような……？

なんて考えているうちにみんなの声が聞こえなくなる。

そして体中痛いし頭も痛いし……なんて思っているうちに、私の視界はブラックアウトした。

ふと目を開けると、心配そうな顔をした先生とミユキさん、エアハルトさんが見えた。

「ここは……」

「リンの家の寝室だ。倒れたんだ」

「あ……え？　あ！　閉店作業！」

「私たちがしておいた。だから、今はゆっくりしていなさい」

「すみません……ありがとうございます」

起き上がろうとしたのを止められ、そのまま寝ていることに。

ミユキさんはご飯を作っている途中だからと、すぐに席を外した。

そして先生は私に体温計を渡してきた。

昔懐かしい、銀色の液体が入ってるやつだ。先生曰く、水銀を使った体温計なんだって。

従魔《じゅうま》たちは枕元に集まって心配そうに私を見ているんだけど、ラズだけ見当たらない。

「あれ？　ラズは？」

〈ここ。リンの額〉

「ラズはスライムだからね。体がひんやりしているから、熱を取ってもらっていたんだ。

リンはスライムゼリーを持っているかね？　あれば、氷嚢《ひょうのう》を作れる」

「あります。ロック、そこにあるリュックを取ってくれる？」

〈うん！〉

一番近いところにいたロックに頼み、リュックを取ってもらう。

そこからスライムゼリーをひとつ出すと、先生に渡した。

それを受け取った先生は、「作業場を借りるよ」と言って、寝室から出ていく。

「すみません、エアハルトさん」

「それはいい。だが、いろいろと聞きたいことがある」

「なんでしょうか」

「彼らは、リンのなんだ?」

「曖昧な聞き方ですね」

エアハルトさんは真剣な表情をしている。

見た目は二十代前半なのに、妙に落ち着いていて経験豊かな二人……

そして、私が二人に懐いている様子にも、違和感を覚えているのかもしれない。

もう、言ってしまったほうがいいんだろうか……

意を決して話しだそうとしたら、先生が戻ってきて、手に持っていたものを見せてくれた。

どうやったのかわからないけど、スライムゼリーの中に小さな氷の粒がたくさん入っている。額にのせると、ひんやりして気持ちいい。

それから、革袋をタオルで巻いたものを頭の下に入れてくれた。こっちにも氷が入っているのか、冷たくて気持ちいい。

「氷嚢《ひょうのう》と水枕の代わりだよ。どうだい？」

「気持ちいいです……」

「よかった。いろいろ話したいだろうが、今はリンの熱を下げることが最優先だ。エアハルト殿もわかってくれるな？」

私とエアハルトさんの顔を交互に見つめながら、きっぱりとした口調で話す先生。

私とエアハルトさんの間の重苦しい空気を察したみたい。

「……ああ」

「リンはもう少し寝ていなさい」

「はい」

ラズが額から下りて、首のところにぴったりと張り付いてくれた。

それも冷たくて気持ちいいってことは、それだけ熱が高いってことなんだろう。

案の定、体温計は高い数値を示していた。

熱もそうだけど、関節も痛い。そう伝えると、先生は作業場に戻っていった。

そして、入れ替わるようにミユキさんが部屋に入ってきた。手にはお盆を持っている。

「はい、どうぞ。貴方も食べるでしょう？」

お盆にのせられていたのは、大小ふたつの土鍋だった。大きいほうはエアハルトさん用で、もうひとつは私のみたい。

「これは……雑炊、か？」

「エアハルト様のはね。でも、リンちゃんのはちょっと違うの」

「もしかして……おかゆですか？」

「そうよ。梅干が入っているから、食べてね」

「梅干！　それは食べたいです！」

エアハルトさんに体を起こしてもらい、お盆ごと腿《もも》の上にのせる。

ベッドから出て食べると言ったんだけど、まだ熱が高いからとミユキさんが許してくれなかった。

蓋を開けると卵が入ったおかゆと、真ん中に種を取って潰した梅干が。

この梅干もお土産にと、小さな瓶ごともらったものだ。ミユキさんの手作りなんだって。

「うう……美味しいです……」

「そう、よかったわ。エアハルト様も食べてね」

「ありがとう」

ふうふうと息を吹きかけながら、おかゆを食べる。体調を崩したことなんてないから、食べるのは初めてだ。

売っているのは知っているけど、体調が悪いわけじゃないのに買うのは違うかなあと思って、買ったことすらなかったのだ。

本当に美味しいよう……！

黙々とおかゆを食べていると、先生が戻ってきた。

「さあ、しっかり食べて早く治そう。エアハルト殿、リンの体調がよくなったらしっかり話す時間を設けよう。そのときは私たちも同席するよ」

「わかった、そうさせてもらうことにする。リン、今日はちゃんと寝てるんだぞ？」

「はい。心配をかけてしまって、すみません」

「気にするな」

私の頭を撫でたエアハルトさんは、ミユキさんに呼ばれてラズと一緒に部屋を出ていった。

「優衣、痛いのはどこだい？」

エアハルトさんがいなくなったからなのか、本名で呼んでくれる先生。

それがなんだか安心する。

「主に膝です」

「わかった。少し寝巻きを捲るよ」

「はい。そういえば、従魔《じゅうま》たちは大丈夫でしたか？　基本的に、私の言うことしか聞かないので……」

「大丈夫だったぞ？　倒れた優衣を心配して、私たちの話を聞いてくれたよ」

「よかった！　みんな、ありがとう」

従魔《じゅうま》たちにお礼を言うと、嬉しそうに飛び跳ねたり尻尾《しっぽ》を振ったりしている。

たくさん心配をかけたことだし、体調がよくなったらもう一度、きちんとお礼をしないとね。

そして先生は、私の膝になにやら布を貼り付けている。

先生曰く、この世界の湿布《しっぷ》なんだって。

湿布があるなら多少なりとも痛みはマシになるし、熱さえ下がればポーションを作ったりココッコのお世話をしたり、ご飯も作れる！

「先生、やっぱりこれは成長痛ですかね？　小さいころと同じ場所が痛いです」

「恐らくそうだろう。そのときは熱が出たかい？」

「出ていないんですよね。話したと思うんですけど、守護者の関係で、熱を出したり風邪をひいたりなんてことは一度もなかったんです」

「ああ……そういえばそうだったな。優衣は本当に元気な子だった。そうか、守護者が関係しているのか……」

初めてこの世界に来たとき、ツクヨミ様に聞いた話なんだけど、実は、私たちの背後には守護者がいるという。

霊的な存在だから、普段はその存在は感じられないけど、守護者のランクによって、いろいろなことが変わるのだ。

特に私の場合は守護者のランクが強すぎて、病気や怪我をしなかったことはいいものの、人との繋がりが希薄だったという。この世界の人の守護者のランクは私の守護者と同じくらいの人が多いから、人との繋がりには恵まれるようになった。

「店に鍵をかけてきたわ。あとラズとエアハルト様に教わりながらココッコたちのお世話をしたんだけれど、心配したように鳴いていたわよ？」

「そうですか……。ありがとうございます、ミユキさん、ラズ、エアハルトさん」

ミユキさんとラズ、エアハルトさんが戻ってきて、ココッコたちの話をしてくれた。

それから、倒れたときの状況も。

倒れた私を受け止めてくれたのはロックで、ベッドに運んでくれたのはエアハルトさん。

うぅ……エアハルトさんに運ばれたなんて……恥ずかしい！

そんな私の内心などお構いなしに、服の上から私の胸に聴診器を当てている先生。

しばらく聴診したのちに、微妙な顔をしてミユキさんのほうを振り返り、二人して頷き合っている。

「しばらく様子を見たいから、二、三日、リンの家に泊まってもいいかね？」

「構いませんけど、予備の布団なんてないですよ？」

「ヨシキたちに知らせるついでに、布団を持ってくるわね」

なるほど、夫婦なだけあって、以心伝心。

先生とミユキさんは話し合うことなく役割分担して、私の家に泊まる準備を進めていく。

二人の赤ちゃんもぐずることなく、ずっとおとなしくしていたみたいだし。

「今は、熱を下げることだけを考えようか。そのためには薬を飲んで、また寝なさい。戸締まりは私とミユキでするから」

「ありがとうございます」

「無理はするな、リン」

「はい」

先生から薬とお水を渡される。解熱剤と痛み止めだそうだ。

前世もお医者さんだったからなのか、先生が作った痛み止めは、他の人が作ったものよりも効き目が強いんだって。

この世界基準の痛み止めも作れるから、症状を見ながら処方しているそうだ。凄いなあ、先生って。

そしてしばらく雑談をしていると眠くなってきたので、そのまま目を瞑《つぶ》る。

頭を撫でる、ゴツゴツとしたエアハルトさんの手が優しくて、そのまますうっと眠りに引き込まれた。


ふと目が覚めると、部屋には先生しかいなかった。私は二時間くらい寝ていたらしい。

エアハルトさんは拠点に帰ったそうだ。

そのまましばらく話していると、突然真面目な顔をした先生。

どうしたんだろう？

「なあ、優衣。私たちの娘にならないかね？」

「え……？」

思いも寄らない提案に驚く。

しい。

日本にいたときも、本当は私を養女にしたいと思っていたそうだ。

だけど、どんな因果か、タイミングがなかなか合わず提案することができなかったらしい。

「で、でも……」

「優衣がいるパーティーは全員貴族なんだろう？　トラブルもあったんじゃないか？」

「それは……」

先生からの鋭い指摘に言葉を詰まらせてしまう。

「たしかに、しっかりした後ろ盾がいるというのはとてもいいことだ。だが、〝孤児〟というのは舐められることも多い。そういう意味でも、養父母といえど、親がいたほうがいいんだ。それに、すべてのことを理解し、優衣のことを知っている私たちのほうが、相談しやすいだろう」

「先生……」

「急ぎではないからね。候補のひとつとして少し考えてみてくれないかね？　いざというときの逃げ場所という意味でも、私たちと『アーミーズ』は、優衣の味方だから」

「……はい」

少し考えさせてくださいと話し、この話を一旦終える。

まさか、先生が私を養女にしたいと思っていたなんて想像したこともなかった。

日本でもそうだったけど、本当に尊敬できるし、先生が親だったらきっと幸せだろう。

だけど赤ちゃんがいるのに、私を養女にしてもいいのかな。

考える前に、知りたいことはきちんと聞いておかないと、って思ったんだけど、今は寝なさいと促され、そのまま眠りについた。


どれくらい寝たんだろう？　外は真っ暗だった。

枕元では先生とミユキさんが二人揃ってなにか話し合っていた。

私が起きたことに気づくと、熱を測る先生。

「先生、質問があります」

「なんだい？」

「私を養女にしたいと言っていましたけど、赤ちゃんがいるのに、いいんですか？」

「別に問題はない。な、ミユキ」

「ええ。むしろ、この子と一緒に前世の分まで可愛がりたいわ」

にこにこと笑う先生とミユキさん。従魔《じゅうま》たちも特に反対するでもなく、話を聞いている。

「私は、お二人の子どもになってもいいんですか？　負担になりませんか？」

「「まったく」」

優しい眼差しで私を見つめる二人。

「家族になったとしても、優衣ちゃんの負担になるようなら、今の生活のままでいいのよ？」

「そうだな。優衣の生活を優先するし、ここに押しかけてくるようなこともしない。まあ、たまには一緒に過ごしてほしいとは思うがね」

日本では、私はもう大人として扱われる年齢だ。

だけど、この世界では、まだ子どものようなものだという……長く生きるから。

実際、私は童顔なうえに身長が低いせいで、よく子どもに間違われる。

そういう意味では、親がいるとありがたいかもしれない。

それに、今さら子どものように甘えることはできないけど、憧れていた家族団欒《だんらん》というのは、体験できるかもしれない。

そんな不純な動機でいいのなら、二人の子どもになってみたい。

そう話したら二人は嬉しそうな顔をして、交互に抱きしめてくれた。

「よかった！　手続きはあるけれど、それは優衣ちゃんの体調がよくなってからね」

「まずは、熱を下げないとな。エアハルト殿にも話さないといけないことがあるだろうし」

「そうですね。私が渡り人だってことを話さないと……」

「昨日も言ったが、私たちは優衣の味方だ。なにかあったら、パーティーを抜けて私たちのクランに来なさい。みんなもそう考えているから」

「はい」

ミユキさんが、布団を取りに行くと言って部屋を出ていく。

先生に促されてベッドに横になり、明日までに熱が下がるといいなあ……と思いながら目を瞑《つぶ》ると、あっという間に眠ってしまった。


寝て起きてを繰り返したのちに、痛みで目が覚めた。

布団の上には従魔《じゅうま》たち、枕元には先生がいる。

「先生……？」

「おや、起きてしまったか。どうした？」

「膝が痛くて、目が覚めて……」

「薬を飲もうか。ちょっと待っていなさい」

先生は手に持っていた本にしおりを挟むと、席を立って寝室から出ていった。

そしてお盆になにかをのせて持ってきた。

「ミユキが作ってくれた夜食だ。これを食べてから、薬を飲みなさい」

「ありがとうございます」

お盆にのっていたのは、パンとチーズが入っているオニオンスープと、リンゴジュース。

ほんの少しだけなので夜中でも食べられる。

ふぅふぅと息を吹きかけてオニオンスープを食べる。

そのあとで、解熱剤と痛み止めを飲んだ。

「そういえば、ミユキさんは？　ここで寝ていないようですけど……」

「ああ、ダイニングにいるよ。ここでも寝られるけど、息子が起きてしまってね。ちょっとぐずったから、あっちに行った。それに優衣の夜食も必要だったからね」

「そうなんですね。なんだかすみません」

「そこはありがとうと言ってほしいかな」

「ありがとうございます」

もう一度熱を測ったところ、倒れたときほどではないけど、まだ少しだけ平熱より高いという。

額を冷やしていた氷嚢《ひょうのう》と、水枕代わりの革袋を取り替えてもらったあと、眠りについた。

翌朝、関節の痛みはあるけど、怠さはすっかりなくなっていて胸を撫で下ろす。

「……うん、これなら大丈夫だろう」

診察を終えた先生も頷いている。

「よかった！　お店を休むわけにはいかなかったから、助かります」

「またぶり返しても困るから、今日も手伝うよ」

「寝なくて大丈夫なんですか？」

「優衣が寝ているときに仮眠を取っているから、大丈夫だ」

汗を流すためにも一度お風呂に入り、さっぱりする。

ミユキさんが作ってくれたご飯を食べたあとは、従魔《じゅうま》たちと一緒に庭に出てココッコたちのところへと行った。

「ここっ、こけっ？」

私の姿を見て近寄ってくるココッコたち。

〈大丈夫？　って聞いてるよ〉

「ありがとう、ラズ。うん、大丈夫。心配かけてごめんね」

「こっ、こっ♪」

ココッコたちがわらわらと寄ってきて、私の足をすりすりする。

ちょっと擽《くすぐ》ったく思いながらも、しゃがみこんでみんなを撫でた。

そしてラズを筆頭に他の従魔《じゅうま》たちも寄ってきたので、昨日のお礼も兼ねて、一匹ずつもふもふなでなでしましたとも。

うん、ココッコたちも従魔《じゅうま》たちも、いいもふもふツルスベ具合でした！

そのあとココッコたちのお世話をして薬草の水やりと採取をする。ミントに至っては種ができているのがあったから、それも採っておいた。

必要かどうかわからないけど、ミユキさんに渡そうと思う。

次はポーション作り。

二人が見たいと言うので、ハイパーポーションと万能薬を作った。

「なるほど。万能薬の材料の一部が知っているものと違うわ」

「ハイパー系はともかく、万能薬は材料がひとつ違うだけで作れないんです。あと、それなりに魔力も使うんですよ」

「なるほどねぇ。師匠も、材料と魔力で苦労していたわ」

「やっぱりですか」

ミユキさんによると、ポーションの作り方は師匠から伝授されるという。そのため途中で間違ってしまっても、訂正されないまま伝えられてしまうから、厄介らしい。

ミユキさんが万能薬を作ってみたいというので、先に普段私がやっている方法を教えてみた。

ドラゴン族は高い魔力を持っているから、私のやり方もマネできると思ったのだ。

ちなみにこの方法はアントス様から伝授されたものだと言ったら、すっごい微妙な顔をされたよ。

まあ、気持ちはわかる。本人はすっごく残念な神様だからね。

結果的に、ミユキさんは万能薬を成功させた。さすがです！

本当はハイパー系も作りたかったんだけど、時間もないし、夜にでも一緒に作業することになった。

片づけが終わると開店準備。

ささっと足りないポーションを作り、お店の棚に置いていく。

今日の護衛は、ラズとユキ、レンが担当だ。

レジは先生、袋詰めがミユキさん、買い取りは私だ。

一番作業量が多い袋詰めを私が担当すると言ったんだけど、素材や薬草がまだよくわからないし、買い取ってそのまま作業すれば効率的にポーションが作れるだろうと言われてしまえば、納得するしかなかった。

そしてそれなりに忙しく過ごし、お昼になったので閉店。

そのタイミングでエアハルトさんがやってきた。

数日後にはダンジョンに行ってしまうから、もやもやした気持ちのままいたくないいんだろう。

「熱はどうだ？　下がったのか？」

「まだ微熱はありますけど、一応下がりました。昨日の話の続き、ですよね」

「ああ」

「先生たちもいるし、いいですよ」

「食事しながらにしたらどうかしら。エアハルト様もそれでいい？」

エアハルトさんと話していると、ミユキさんと先生がやってきた。

「ありがたくいただくよ。あと様はいらない。呼び捨てでいい」

「じゃあ、そうさせてもらうわね」

四人と従魔《じゅうま》たちで、ダイニングへと向かう。

エアハルトさんには先生と一緒にテーブルに座ってもらい、私はミユキさんと一緒にご飯を作る。

朝の残りのスープとパン、レインボーロック鳥の照り焼きだ。自家製のツナとゆで卵をのせたサラダもある。

先生が持ってきたコーヒーと一緒に、ご飯です。

「エアハルトさんは、渡り人に会ったことがありますか?」

緊張しながらも私から話を切り出した。

「俺自身はないが、渡り人に会ったという人から話は聞いたことがある」

「そうなんですね。……もし私が、神様のせいでこの世界に落ちてきた渡り人だと言ったら、どうしますか?」

「え……?」

私の言葉に、目を見開いて驚くエアハルトさん。

まあ、当然だよね、普通ならあり得ないことなんだから。

だから、この世界に来ることになった経緯を一からすべて説明した。

まず、アントス様のうっかりミスのせいでこの世界に来たこと。

アントス様の影響で魔神族のハーフになり、魔力の桁と寿命が増えてしまったこと。

ちなみにエアハルトさんと初めて会った日がこの世界にやってきた日だと告げると、

絶句していた。

「孤児だというのは本当です。それは先生たちが証明してくれます」

「私たちは生粋のドラゴン族ではあるが、前世はリンがいた世界の住人でね。前世の記憶を継いで、この世界に転生した」

「わたしたちは前世でも夫婦だったの。リンちゃんがいた施設――この世界だと孤児院ね。その隣に大きな診療所を開いていて、週に二回、孤児院の子どもたちの健康状態を診ていたの。だからリンちゃんのことは小さいときから知っているのよ」

先生とミユキさんの言葉に、呆然とするエアハルトさん。

いきなり前世と言われても、混乱するよね。

「前世……だから二人はリンと凄く親しかったのか」

「そういうことだ」

私たちが昔からの知り合いだったと知って、どこか納得した様子のエアハルトさん。

本当に先生たちが一緒にいてくれてよかった。

先生たちがこの場にいるからこそ、安心してエアハルトさんに本当のことを話すことができた。

それに、先生たちがいなかったら、エアハルトさんに信じてもらえたかどうか自信がない。

それほどに、私の話は荒唐無稽《こうとうむけい》だからだ。

「あと、その……〝リン〟という名前も、本当の名前じゃないんです」

「え……？」

「どう言えばいいですかね……愛称って言えばいいのかな？　どうしてリンと名乗っているかというと、アントス様に『隷属《れいぞく》されないように気をつけなさい』って注意されたからなんです。悪質な奴隷商人がいるからと」

「ああ、それは正解かもな。まあ、魔力が高い相手は隷属《れいぞく》できないから、一概には言えないんだが。中には魅了魔法を使ってくる輩《やから》もいるから、よほどのことがない限り、いきなり本名を名乗ったりしないんだ」

「もしかして、エアハルトさんが最初に名前しか名乗らなかったのって、そういう事情もあったんですか？」

「ああ。最初から名乗らなくてすまん」

気にしていないと言えば、ホッとしたような顔をしてまたご飯を食べ始めるエアハルトさん。

私も痛み止めを飲まないといけないので、話の続きは置いておいて先にご飯を食べた。

ご飯のあと、またしばらく話をした。本名のことや薬師になった経緯も伝えた。

そして、魔力だけでポーションを作れることと、アントス様が薬師の師匠だと言うと、唖然《あぜん》としていた。でも、いろいろ納得したらしく、スッキリした表情をしている。

「そうか……。他の人がいない場合に限り、ユイって呼んでもいいか？」

優しく微笑んでいるエアハルトさん。

「え……？　私や先生たちの話を信じてくれるんですか？」

「ああ。いろいろ理解したし、リンが嘘をつくとは思えないからな。他のやつには言わないから安心してくれ」

エアハルトさんにだけでも、本当のことが言えてよかった。

「ありがとうございます……本名で呼んでくれるのも嬉しいです」

それに、信じてくれてよかった。

安心したからなのかちょっとだけ涙が出ちゃったけど、エアハルトさんが抱きしめて背中をポンポンと軽く叩き、慰めてくれた。

その腕の中はなんだか温かくて……なぜか安心できた。

それから、料理のことや今まで師匠に教わったという話のほとんどが異世界の知識だとも伝えた。

エアハルトさんはそれも言わないと約束してくれたし、先生も「私から教わったことにしてもいい」と言ってくれた。

「ありがとうございます、先生。……いえ、お父さん」

先生たちの子どもになるんだからと、思い切ってお父さんと呼んでみた。

「っ！　そこはせめて、パパと呼んでほしいかな」

「なら、わたしはママね」

すっごく驚いた顔をしたあと、破顔した先生とミユキさん。

「さすがにこの歳でパパとママは恥ずかしいんですけど……」

「この子のためにも、そう言ってほしいね」

「うぅ……言えるようにガンバリマス」

ご飯を食べたあと、庭でココッコたちのお世話をしながらエアハルトさんと二人で話す。

「グレイさんたちにも、本当のことを話したほうがいいですか？」

「しばらくは言わないほうがいいんじゃないかな。まだ混乱しているように見えるからな、ユイが。それに伝えるなら、タクミやミユキたちがいるときのほうがいい」

「そう……ですね。混乱というより、エアハルトさんに言えたことで、ちょっと気が抜けたのかもしれません」

「だろう？　まだ具合も悪そうだし、無理する必要はない」

頭を撫でてくれるエアハルトさんの手が気持ちいい。

グレイさんたち他のメンバーに話すのは、また落ち着いてからにしよう。

お昼休憩が終わりそうなので私は店へ、エアハルトさんはダンジョンに潜る準備をするために拠点へ帰っていった。

これからどうなるかわからないけど、まずは目の前のことをこなそうと頭を切り替え、先生たちに手伝ってもらいながら仕事を頑張ったのだった。


翌日。開店の時間。

「あ、そうだ。お母さん」

「……」

お母さんと呼んで返事をしないってことは、ママと呼ばないとダメなんだろうなあ、これ。

うう、恥ずかしいけど、言ってみようかな。

「うー……、ま、ママ」

「なあに？　優衣」

にっこり笑顔の母。

「各種薬草の種、いりますか？」

「あら、もう種があるの？」

「はい。昨日採れたんです」

休憩所に置いてある、小瓶に入っていたミントやローズマリーなど、ポーション作りに必要な薬草の種を渡す。

これらは全部、枯れることなく越冬《えっとう》したものだ。

「まあ、こんなに？　まだ春先なのに、よくこれだけの種類の種を集められたわね」

「ビニールハウスみたいに、布をかけて冬の間栽培していたので。そのおかげかも」

「なるほどねぇ。ミントとローズマリー、レモンバームはタクミも使うから、ありがたいわ」

「苗も持っていきますか？」

「いいの？」

「はい。たくさん生えていますから」

庭の状態を思い出したのか、母が納得していた。

苗に関しては、鉢に植え替えようという話に。

開店前、さっそく買いに出かけた母には笑ってしまった。

お昼休憩も終わり、両親と一緒に午後の開店準備。

開店と同時に何人かの冒険者が来て、ポーションを買っていく。

「実は、今度Sランクに上がれそうなんだ」

「おー、凄いです！　おめでとうございます！」

「ありがとう」

顔見知りの冒険者がはにかみながら嬉しい報告をしてくれた。

彼はいつも買いに来てくれる冒険者で、ダンジョンでも何回か会っている。

そして、なぜかいつも飴をくれるのである。

その後も何組かが買いに来たり、薬草を売りに来たりと、それなりに忙しい。

一段落つくと、今度はヨシキさんが来た。

「熱を出して倒れたって？　大丈夫か？」

「先生、じゃなくて、おとう……じゃなくて。パ、パパのおかげで、なんとかなりました」

「パパ？」

不思議そうな顔をして首を傾げたヨシキさん。

これはきちんと説明しないとダメだよね。

「えっと、タクミ先生とミユキさんの養女になることになったので……」

「そうか！　よかったな」

「ありがとうございます」

神酒《ソーマ》を一本と、ハイ系とハイパー系、万能薬を一パーティーの上限分まで買ったヨシキさん。

お金持ちだなあ……。さすが、Sランク冒険者様。

「あ、そうだ。タクミ、今週末からダンジョンに潜るから、一緒に来いよ？」

「わかっている。息子も連れていくからな？」

「もちろん。全員で行くから、世話は大丈夫だろう」

「おお、全員で行くんですね！　なら、採取依頼を出してもいいですか？」

「構わないよ」

報酬交渉はまた後日ということで、その場はお開きになった。

明日の予定を聞かれたのでなにもないと答えると、エアハルトさんと一緒に拠点で晩ご飯はどうかと誘われたので頷く。

ヨシキさんのところのご飯も美味しいからね。楽しみ！

そして、ヨシキさんと入れ違いで、今度はエアハルトさんがやってきた。外でヨシキさんと会ったらしく、明日のご飯の話をしてくれたので、私も頷く。

「体調はどうだ？」

「関節がまだ痛いけど、先生、じゃなくて、パパの薬のおかげで、動けないほどではないですね。熱も今のところ大丈夫ですし」

「そうか。だが、無理はするなよ？　タクミ、ミユキ。リンを頼む」

「「もちろん」」

ついでにエアハルトさんにも薬草採取の依頼を出した。西の上級ダンジョンに潜ると言っていたからね。報酬はだいたい決まっているからいつもの通りとお願いする。

今回は果物も頼んだからその分報酬金額が上乗せになるけど、たいした出費ではない。そして、今回はもう少し深い階層に行く予定だそうで、もし新たに薬草や果物を見つけたらそれも採取してくれるとか。

「それと、今夜は夕飯を一緒にどうだ？　ハンスが来てほしいと言っていてな」

「ハンスさんのご飯！　あとで拠点に行きますね！」

「ははっ！　ああ、待ってる」

エアハルトさんは、私の頭を撫でてから店を出た。

「おや、リン。顔が赤いぞ？」

そう言って顔を覗き込んでくる父。

「へ⁉　また熱ですかね？」

「……そういうことにしておこうか」

「どういう意味ですか、先生！」

「先生じゃなくて、パパだろう？」

エアハルトさんに頭を撫でられるのが不意打ちだったからか、自分でも顔が熱くなったのがわかる。

誤魔化しきれず、父にからかわれてしまった。

それにしても、なんで複雑そうな顔をしてるのかな、父は。

まあいっか、と買い取った薬草を持って二階へと上がり、ついでに不足しているポーションを作った。それを持って下にいき、またカウンターに戻る。

そんなことを繰り返しているうちに時間になったので閉店作業をし、ココッコたちの世話をしてから二階に上がった。

両親たちはご飯を食べに、一旦拠点に帰るんだって。

あとでまた来るからと二人と別れ、従魔《じゅうま》たちを連れて『フライハイト』の拠点へと行く。

ハンスさんのご飯を食べるのは久しぶりだから、楽しみ！

拠点で出されたのはブイヤベース、くるみパンとチーズパン、トマトサラダとペンネを使ったトマトパスタ。トマトづくしだったみたい。

どんどんレパートリーが増えてるなあ、ハンスさんは。

自分のお店を持つ日も、近いかもしれない。


翌日も少し関節が痛かったけど、動けないほどではない。

しっかり仕事をしたあとは、エアハルトさんと一緒に『アーミーズ』の拠点へ。

夕食としてピザを出してくれました！

初めて見るピザにエアハルトさんは最初は困惑していたけど、一口食べてからは目を輝かせ、満面の笑みを浮かべている。

ピザは美味しいもんね！

「優衣ちゃん、ちゃんと食べてる？」

にこにこ顔で話しかけてくるセイジさん。

「食べてます。美味しいです！」

「それはよかった！」

元自衛官なだけあってとても姿勢がいいし、筋肉も凄い。首筋とか、腕とか、背中も。

そんなふうに思って見ていたら、「どうした？」って聞かれた。

「いえ、姿勢がいいなあって思って。あと、筋肉も凄いなあって。あの駐屯地《ちゅうとんち》でも、筋肉を見てたんです」

「なんだそりゃっ！　もしかして、筋肉フェチ？」

「いやいやいや、フェチとまではいかないですけど、躍動する筋肉は好きです。ボディービルのような魅せる筋肉じゃなくて、実用的な筋肉っていうんですかね？　なので、駐《ちゅう》屯地《とんち》でもついつい見つめてしまって……」

「うわあ……。オレはてっきり、誰か好きな人がいるんだと思ってたよ」

「まっさかあ！　アイドルを見るような、憧れだけでーす」

たしかに素敵だなと思う人もいたけど本当に筋肉を見てただけなのだ。

「あの当時、一番凄い体をしていた人って誰ですか？」

「ヨシキだな」

「おお、ヨシキさんだったんですね！　というか、他のみなさんも凄かったですけど、自衛隊の方ってみんなそうなんですか？」

「オレが知る限りだけど、陸自が一番凄いかな」

「そうなんですね！　あの駐屯地《ちゅうとんち》の航空祭は何度か見ましたけど、他のも見に行けばよかった……。残念」

　勿体ないことをしたなと思って溜息をついたら、セイジさんに笑われてしまった。

「ユイ、このピザってやつは美味しいな！　あとビールも！」

　セイジさんと筋肉トークをしていたら、エアハルトさんが話しかけてきた。

「ですよね！　ヨシキさんたちとは仲良くなれましたか？」

「ああ。彼らの話も聞いたよ。全員が、ユイを知っていると聞いて、驚いたがな」

「そうですか……」

　そんな話を聞いても、態度をまったく変えなかったエアハルトさん。

　ヨシキさんたちもきっと、そういうところが気に入ったんだろう。

　みんなが仲良くなってくれて、嬉しいな！

　私が〝リン〟という鎧を取り払って、〝優衣〟でいられる唯一の場所はヨシキさんたちの前だけだと思っていたけど、エアハルトさんもすべてを理解して〝ユイ〟と呼んでくれる。

　なによりもそれがとても嬉しい。

　日もとっぷり暮れたので、自宅に帰ることに。

「ありがとうございました」

「どういたしまして。またご飯を食べにおいで」

「はい！」

手を振って『アーミーズ』の拠点をあとにすると、エアハルトさんと連れ立って歩く。

「気持ちのいい連中だったな」

「そうなんです」

「今度はこっちから、彼らを夕飯に誘ってみるか？」

「おお、それはいいですね！」

そんな話をしている間に、拠点に着いてしまった。

ココッコの様子を見てから家の中へと入る。

明後日は店がお休みだ。なので、そのときに養子縁組の手続きをしに行こうと両親に言われている。

「両親、かあ……」

今までと同じ生活をしていいと言ってくれた二人。

困ったときは遠慮なく頼って甘えてほしいと言われている。

うまくできるかどうかわからないけど、そのときは甘えさせてもらおう。

不安や心配もあるけど、弟となる子のためにもと言われてしまうと、頑張るしかない。

「さて、ポーションを作って、お風呂に入りますか。今日は誰が一緒に入る？」

〈〈我らにゃー〉〉

「シマとユキだね。あとはラズとスミレかな？」

〈もちろん！〉

〈ハイル〉

「じゃあ、他のみんなは、先に順番に入ってね。その間に、ポーションを作っちゃうから」

〈〈〈〈〈〈〈わかった〉〉〉〉〉〉〉

従魔《じゅうま》たちは大きくなってしまったから、順番にお風呂に入っているのだ。

それでも私と一緒に入りたいみたいで、こうして順番を決めている。

なんていい子たちなんだろう！

相変わらず親バカっぽいなあ、と内心で苦笑しつつ、ポーションを作ったのだった。


今日一日仕事を頑張れば、明日はお休み。養子縁組の手続きに行く日だ。

一日で終わるのかが心配だけど、そこは行ってみないとわからない。

まあ、あの二人のことだから、そのあたりのことはしっかりと確認したり、書類を用意したりしていると思う。

「そういえば、みんなに相談しないで決めちゃったけど、私がタクミさんとミユキさんの子どもになってもいいの？　みんなが嫌なら、やめるっていう選択肢もあるよ？」

〈気にする必要はない。我らは主であるリンに従うだけだ〉

「そう言ってくれるのはありがたいけど、私はみんなの意見も尊重したいんだ。だから、嫌ならそう言ってほしい」

〈ラズはいいよ。あの人たちなら〉

〈〈我らもいいにゃー〉〉

〈スミレ、モ、イイ〉

〈ボクもいいよ〉

〈〈もちろんにゃ！〉〉

〈我もいいぞ〉

みんなして、二人ならいいと言ってくれることが嬉しい。だからお礼を言ったあとでみんなをもふり倒した。

もふもふツルスベを堪能したあと、店を開ける。

今日の護衛はスミレとロキだ。

そろそろロキがこの店にいるのがつらいんじゃないか、っていうほど大きな体躯《たいく》になっている。

体が小さくなるスキルとかないのかなあ？

そうすればお風呂にみんなして入れるし、一緒に寝ることもできるのに！

そうこうするうちに両親が店にやってきて、手伝ってくれた。

人手が足りないからとても嬉しいんだけど……いいのかな。

「手伝ってくれるのは嬉しいんですけど、ダンジョンに潜る準備はいいんですか？」

「ああ、そこは大丈夫だ。私は医師だからやることはほとんどないし」

「わたしもほとんどないわね。ポーションはリンが作ってくれたのがあるし」

「あ～！　なんだかすみません！」

「仕事を取られたなんて思っていないから、気にしないで。それに、いずれは店を持つかどこかで働こうと思っていたの。そういう意味では、リンがこの店で雇ってくれると助かるのよ、わたしとしても」

母の言葉はとてもありがたいんだけど、本当にいいのかな。なんだか悪いことしちゃったように感じるよ……。

「それは私も助かりますけど、本当にいいんですか？　この西地区には私しか薬師がいませんし、お店を開いたら繁盛すると思いますよ?」

「そうなんだけれど、せっかく親子揃って薬師なんだもの。どうせなら、一緒に店を切り盛りしたいのよ」

「それは……。そう、ですね。私もそうしたいです」

「でしょう?」

「私は仲間外れかね?」

拗《す》ねたような父の言葉に、母と一緒に噴き出してしまう。

うん、いいな、こんな感じで働くのも。

休憩のときに、ちゃんと話し合ってみよう。

二人に店番をお願いし、買い取った薬草で、足りなくなりそうなポーション類を作る。

今日はハイ系と万能薬がよく出ているから、それを中心に作った。

何気に神酒《ソーマ》も少なくなっていたので、それも作る。

「そろそろ、神酒《ソーマ》の材料がヤバい。エアハルトさんたちに採取依頼を出してよかったよ」

〈いざとなったら、他の人間に頼んでもいいにゃ〉

「そうだね。まあ、そろそろ『猛《たけ》き狼《おおかみ》』と『蒼《あお》き槍《やり》』が戻ってくるだろうから、彼らの買い取り状況次第かなあ」

ポーションを作っていると、シマが顔を出した。

シマはこうやって提案をしてくれるからとても助かるし、嬉しい。

シマだけじゃなく、他の従魔《じゅうま》たちもそれぞれでできることをしてくれたり、手伝ってくれたりするから本当に助かる。

ポーションを作り終えると、お店に戻る。そのタイミングで『蒼き槍《あおやり》』たちが来た。

「リン、今日もたくさん持ってきたぞ！」

「わ～、ありがとうございます！　今回はどこに行ってきたんですか？」

「北だ。だから、内臓も結構あるぞ」

「おお、採取依頼を出そうかなって思っていたので、助かります！」

なんというグッドタイミング！　さっそく薬草とイビルバイパーの内臓を買い取った。

薬草もかなりあったから、本当に助かる！

しばらく雑談をしたあと、『蒼き槍《あおやり》』たちは帰っていった。

買い取りだけではなく「お土産だ」と下層にあるという果物と野菜も置いていってくれたみなさん。

果物は二十世紀に似た大きな梨で、野菜は芽キャベツとペコロスという小さな玉ねぎ。

「あら、芽キャベツとペコロスもあるのね」

私の手元を覗き込んでくる母。

「これならそのまま食べられるから、助かりますよね」

「そうね」

「かなりの量があるから、半分持っていきませんか？」

「あら、いいの？　助かるわ！」

今日はポトフにしようかしら、なんて母が言っている。『アーミーズ』のご飯はポトフになるんだろうな。

なんだかんだとお昼になったので、ご飯を食べながら、店に関する相談をした。あと、養子縁組に関しての書類の話も。

店に関しては、母が常に手伝ってくれることになった。父はもうじき診療所を開店するそうなので、そっちに行くという。

「あれ？　だったら、ママも私のお店を手伝ってる場合じゃないんじゃ……」

「日本と違って、看護師はいらないからね。私一人で事足りてしまうんだ」

そう言ってにっこり笑う父。

「そうなんですね」

「心配してくれてありがとう。だから、ミユキをこき使ってやってくれ」

ていた。


「こき使うって……。酷いわね、タクミは」

今度は母が拗《す》ねる番だった。

父はそんな母が可愛くて仕方がないようだ。

そんな二人の様子に生温《なまあたた》かい視線を向けると、二人して咳払いをし、また食事に戻っていた。

父の診療所は、中級ダンジョンを攻略したあとで開業するんだって。

場所はこの通りの一角なんだとか。

「内装とかは誰がやっているんですか?」

「暇だからと、双子がやってくれている。もうじき終わると昨日言っていたよ」

「さすが、ミナさんとカヨさん」

テーブルや椅子なども作ってくれているそうだ。

父が使う医者の道具はライゾウさんが作ってるんだって。

「あと、養子縁組の書類は揃っているんですか?」

「ああ。そこは大丈夫だ。あとで優衣にサインをしてもらってそれを提出すれば終わりだ」

「ず、ずいぶん簡単なんですね」

「基本的に、戸籍に関して複雑な手続きが必要なのは貴族だけだからね。すべての人となると、膨大すぎて手が回らないんだろう、双方の同意を証明すればいいだけなんだよ」

「そこは日本とは違うんですね」

「簡単に管理できる機械がないからね」

貴族の戸籍は跡継ぎを決める際に重要なものとなるからしっかり管理されているけど、庶民はざっくりとしたものしかないんだって。

難しい話はよくわかりません。

ご飯を食べたあとは薬草とココッコの世話をして、ココッコたちを含めたみんなで遊ぶ。

ラズとスミレ以外は大きいから、遊ぶのも一苦労だ。

その後、まったりモードで午後の営業をしていると、今度は『猛《たけ》き狼《おおかみ》』たちが来た。

今回は特別ダンジョンに行ってきたらしく、たくさんの薬草を採取してきてくれた。

「おお、助かります！」

「ははっ！　ならよかった」

全部の買い取りが終わったあと、ヘルマンさんたちは帰っていった。

そのあとは特に何事もなくまったりと過ごし、閉店。

両親となる二人と弟と、ミントティーを飲みながら明日の待ち合わせ時間を話し合った結果、九時ごろ店に集合することに。

そして、養子縁組の書類にサインをする。名前は念のため、リンにしておいた。

帰っていった三人を見送り、従魔《じゅうま》たちやココッコたちと遊ぶ。

珍しく私と一緒にいたいとココッコが我儘を言ったので、二階へと連れていった。

滅多に言わないからね、そういったことは。

しょっちゅうだと困るけど、月に一回あるかどうかの我儘なので、許している。

ご飯は、ペコロスを使った肉じゃがとお味噌汁、ホーレン草の胡麻和えとレーコンのきんぴらにした。ココッコたちには葉物野菜とお米を与える。従魔《じゅうま》たちは私と同じものだ。

お風呂に入ったりして寝る準備をし、神様たちに祈りを捧げると、眠りについた。

翌日。役所より先に教会に行くことになった。

前々から不思議に思っていた、母とライゾウさんが薬師や鍛冶《かじ》師になれた理由を知るためだ。

母もライゾウさんも理由はわからないそうなので、どうせ今日は中央地区に出かけるし、先に教会に寄ってアントス様に尋ねようという話に。

会えなかったらまた後日ということで、両親と一緒に教会に行って祈ったら、あっさりアントス様のところに呼ばれた。

「今日はどうしました？」

「わたしとライゾウが、どうして薬師と鍛冶師《かじ》になれたのか不思議で、その理由を聞きに来たの」

お茶の用意をしてテーブルに着くと、さっそく話を始めるアントス様と母。

「なるほど。まあ、簡単に言うと、二人とも転生者だからです」

「「「は？」」」

意味がわかりません、アントス様。

「そうですね……前世でも今の仕事に近いものを職業にしていませんでしたか？」

「ええ。わたしは看護師、ライゾウは鋳物《いもの》作りという、今の職業とたいして変わらないことをしていたわ」

「それが原因です。前世の記憶がある影響で、薬師と鍛冶師《かじ》になれたんです」

アントス様によると、生きている間に経験したものは魂に刻まれるという。

だから二人は、この世界では不器用設定になっているドラゴン族なのに、薬師と鍛冶《かじ》師になることができたのだ。

「そうなのね……。ということは、わたしやライゾウ以外のドラゴン族は、薬師や鍛冶《かじ》師になれないってことかしら」

「恐らくは。ですが、貴女やライゾウさんの血縁ならば、もしかしたら……」

そのあたりのことは神のルールがあるため、それ以上は話せないそうだ。

私もそうだけど、母もライゾウさんも、本当にドラゴン族唯一の薬師と鍛冶《かじ》師だという。

恐らく、二度と出ない逸材だとも言われた。

他にはないかと聞かれたけど、特になにもなかったので、そのまま教会に戻してもらった。

「あとでライゾウにも教えておかないとね」

「そうだな」

歩きながら辻馬車乗り場まで行く。

辻馬車で中央地区まで行き、役所を目指す。

役所に着くと四人並んで書類を出した。

私を中心に、左には赤ちゃんを抱いた母、右には父が立っている。

職員さんが書類を確認している間、ずっとドキドキしていた。

「はい、不備はありません。おめでとうございます。どうぞ、お幸せに」

書類から顔を上げ、微笑んでくれた職員さん。

「「「ありがとうございます」」」

三人でお礼を言い、役所から出る。

「……よかった！　これからもよろしくお願いします、パパ、ママ。そしてリョウくん」

「ああ、よろしく。私たちの娘」

「よろしくね」

「あ～、きゃ～♪」

リョウくんとは二人の息子だ。

そっと手を出すと、指先を握ってくれるリョウくん。歓迎してくれているみたいで、嬉しい！

どんな子に育つのかな？　どっちに似ても、どんな職業を選択しても、優秀な子になるに違いない。今から楽しみ～！

その後『アーミーズ』の拠点でみんなでご飯を食べた。そこにはエアハルトさんもいた。なんと、イチゴののったケーキとお赤飯を用意してくれていて、お祝いしてくれたのだ！

こういうとき、『アーミーズ』のみなさんと出会えて、本当によかったと思う。

『フライハイト』のメンバーは特別な存在だし好きだけど、やっぱり私の事情を知っている人がいるのって、ホッと息をつけるというか、肩の力を抜くことができる。

『フライハイト』の拠点にいても、どこか緊張している自分がいるのだ。

それは秘密を持っている私に原因があるからで、『フライハイト』のメンバーに問題があるわけではない。

本当のことを話したら変わるかもしれないし、変わらないかもしれない。

エアハルトさんは受け入れてくれたけど、他の人もそうだとは限らない。

私はきっと『フライハイト』のメンバーにすべてを話して、拒絶されたときのことが怖いのだ。

この世界で出会った大事な仲間だからこそ、余計に。

そのことをエアハルトさんや両親、『アーミーズ』の人たちに相談したら、もう少し待ったほうがいいと言われた。

「エアハルトを見る限り悪いやつらだとは思えないが、他のメンバーを知らない以上、おいそれと『すべてを話せ』とは言えない」

「ヨシキの言う通りよ。知らないからこそ、知りたいと思うわね、あたしは」

「そのうち一緒にダンジョンに潜ればいいんじゃないか？　そうすれば、優衣ちゃんがどんな扱いをされているか、どんな人たちなのかもわかるだろうし」

ヨシキさんとマドカさん、セイジさんがそう言ってくれる。

逃げ場になってくれると言った彼ららしいなあ。

だけど、両親やエアハルトさん、みなさんにばかり甘えていられないと思った。

彼らが私の味方でいてくれるなら、怖いものはない。

〝優衣〟としての居場所も自分で作っていきたいのだ。

エアハルトさんを含めたみなさんにそう宣言したら、「大人になったな」と感激された。

みなさん、小さいころの私を知っているからね。

エアハルトさんは「ゆっくりでいいさ」と言ってくれた。

いつか、『フライハイト』と『アーミーズ』のみんなで話せるといいなと思いつつ、楽しい時間を過ごしたのだった。

異世界に来て約一年。

私は、今日、タクミ先生とミユキさんとリョウくんと、家族になりました。

書き下ろし番外編

見つけた存在（ヨシキ視点）

彼女を初めて見たのは、現在いる駐屯地《ちゅうとんち》の航空祭でだった。年に一度の航空祭では、空自や海自の装備や、海保やＪＡＸＡのヘリを展示したりする。

陸自のヘリの他にも、アパッチやコブラといった攻撃ヘリ、偵察に適したヘリの展示もあるし、大型ヘリであるチヌークの搭乗体験もできる。

消防や警察のヘリ、パトカーや救急車の展示もあるし、防災食料の試食をすることもある。もちろん、飲食店やお土産が買える、屋台形式の店舗もあるのだ。

そんな、マニア垂涎《すいぜん》ものの航空祭ではあるが、駐屯地《ちゅうとんち》の周辺に住む一般住民も見学に訪れる。彼女はその中の一人として、航空祭に来ていた。

その航空祭以降、週に一、二回、フェンスの外から俺たちを眺める彼女の姿を認識するようになった。

写真を撮るわけでもなく、ただ訓練をしている俺たちをじっと見ている、名も知らぬ女性。ある日を境に毎日見るようになったのだが、それが一ヶ月ほど過ぎたころ、姿をぱったりと見かけなくなった。

「今日はいたか？」

「俺は見てない」

「俺も」

近くにいた同僚や部下に彼女を見かけたか聞けば、誰も見ていないと話す。

知り合いではないが、この一ヶ月、俺たちが休みの土日以外は毎日見ていた姿が見えないと、なんとなく不安になる。風邪でもひいたのかねえ……なんて心配しつつ、訓練を終えた俺たちは帰宅した。

今日は婚約者と会う約束をしていたので、帰宅後、急いでシャワーを浴び、待ち合わせ場所へと行く。と言っても、今日は婚約者が手料理を作ってくれると言っていたので、迎えに行っただけだが。

そんな婚約者を自宅に迎え、飯ができるまで昇任試験の勉強をしていたときだった。

ガチャンとものが落ちる音がすると、婚約者の驚いた声がした。

「円香、どうした！　怪我は!?」

「あ、え、怪我はない、けど……あの子が……」

「あの子？」

「優衣ちゃんが……！」

そう言ってテレビ画面を指差す婚約者——円香につられ、俺もテレビ画面を見る。

そこには、駐屯地《ちゅうとんち》で俺たちをずっと眺めていた彼女の顔写真が写っていたのだ。

「通り魔に刺されて死亡……？」

「……っ」

『犯人はまだ捕まっておらず、警察は犯人の行方を追っており——』

「優衣、ちゃん……っ！　わぁぁぁっ！」

泣き崩れた円香を支えながら、俺も衝撃を受ける。ここ数日姿が見えなかったのは、死亡していたからなのか、と。

その後、泣いている円香を落ち着かせ、一緒に料理を始めたんだが……

「優衣ちゃんは会社の後輩でね。毎日メールをくれていたのに、突然連絡がなくなって心配していたの。もちろん捜したわ。だけど見つからなくて……」

「そうか……」

「優衣ちゃんが婚約祝いで焼肉を食べようと誘ってくれたんだけど、そのとき、良樹《よしき》に紹介しようと思っていたの」

「そうだったのか。彼女が……」

ぽつりぽつりと彼女とのことを話してくれる円香。相当可愛がっていたようで、とても気落ちしている。

そのうち、お墓参りに行こうと話し、なんとかご飯を食べ終えた。


それから円香と結婚して二人の子どもに恵まれた。あっという間に何十年が経ち、天寿をまっとうして俺は死んだはずだった。

だが、気づけば目の前にいたのは、銀髪の青年と黒髪の青年。

混乱している中、彼らは異世界の神と日本の神だと名乗り、自分たちが大事に思っている存在を間近で見守ってくれないかとお願いされた。

「名前は、鈴原優衣さん。この世界ではリンと名乗っています」

「鈴原って……俺の妻が可愛がっていた後輩の名前じゃないか！」

「そうです。貴方がいた駐屯地《ちゅうとんち》にもよく顔を出していた子ですよ」

黒髪の神――ツクヨミ様の言葉に、衝撃を受けた。円香から聞いていた話と同じだったからだ。

だが、彼女は通り魔に刺されて死んだと、ニュースになったはずだ。

「詳しいことは、もしかしたら彼女から聞かされるかもしれません。ですので、それまでは秘密です」

「秘密じゃないでしょう！　お前のせいだというのに、なにを気取っているんです！」

「いたっ！　ツクヨミ様、酷いです！」

「酷いのはお前でしょう！」

なにやら喧嘩を始めてしまった二柱だが、話を聞く限り、どうもこの銀髪の神のせいで鈴原さん——リンは、この世界に来てしまったようだった。

死んだ彼女が、なぜこの世界にいるんだ？　いくら聞いても銀髪の神はなにも答えず。ツクヨミ様だけではなく、いきなり現れた女神——アマテラス様にまで怒られ、ボコボコに殴られていた。


とりあえず彼らの喧嘩が収まると、「見つけたらで構いません。もし見つけたら、リンと話をしてあげてください」とアマテラス様とツクヨミ様からお言葉をいただいた。

そのためにも、魔神族の国に転生させるからと言って。

だが、魔神族に転生すると聞いていたはずが、またもや銀髪神のうっかりミスでドラゴン族の国の、伯爵家の五男坊として生を受けた。

お国柄なのかたまたまなのか、貴族の中にも転生者がそれなりにいた。俺の周囲にも前世の仲間だったり妻だったた円香、前世の記憶を持っている人間が多かった。しかも、そのすべてがリンを見知っていて、銀髪の神やツクヨミ様たち日本の神々に頼まれたというのだから驚きだ。

そういう経緯もあったし、貴族としても家を継ぐ必要などない俺は冒険者となり、仲間とクランを組んだ。そうすれば、リンを捜しやすいと思ったからだ。

神々が言っていたことを思い出してはみんなと話をして、一応気にかけてはいたものの、やはりリンは見つからない。何年、何百年もかけて捜し、もしかしたら他国にいるのではないか――そんな話が出たころ、アップルマンゴーとさくらんぼ、イチゴが市場に出回り始めた。

「このマンゴー、前世のよりも味が濃くて美味しいわね。あとイチゴも」

「ああ。直接採りに行くか？」

マドカの言葉に、提案する俺。

「それもいいけど、どうせならその国に移住したいわ。そうすれば、なくなってもすぐに食べられるもの」

「まったく……。みんなはどうする？」

「移住しても構わないが、冬が過ぎてからだな。今から移動するのは危険すぎる」

医師であるタクミの言葉に頷く。たしかに今から移動するとなると、危険が伴う。

特にタクミの妻であるミユキは妊娠中だ。

妊娠中のときは卵が割れる心配があるから、移動はとても危険だ。そんな彼女を連れていくとなると、生まれたあとがいい。

幸いにも卵はもうじき生まれる。

「だったら、先に屋敷でも買っておくか？　宿暮らしよりはいいだろう？」

「そうだな。僕たちのクラン全員が住めるくらいの大きな屋敷がいいな。王都ならあるだろうし。僕たちも資金を渡しておくよ。全員で出し合えば、それなりのサイズの屋敷が買えるだろうし」

「すまん、頼む。足りなかったら徴収するからな」

そんな話をして、一人先にアップルマンゴーが採れるというアイデクセ国の王都まで旅をしてきた。だが、着く直前の森で休憩をしようとしていたら、ビッグベアに襲われてしまったのだ。

二体までなら倒したこともあるので俺一人でも対処できたが、三体同時となるとかなりキツかった。

ヤバイ……誰か一緒に来てもらえばよかった――

戦闘しながらそう思ったときに助けてくれたのは、大きなグレイハウンドの親ともうじき成人しそうな子狼、親の頭にのっているデスタラテクトだった。その姿を見たとき、正直俺はここまでだと思ったんだが、よく見ると彼らの首には従魔《じゅうま》の証であるリボンが巻かれていた。

〈大丈夫か？〉

「あ、ああ。助かった。君たちは誰かの従魔《じゅうま》か？」

〈ああ。今、我らの主人を連れてくる。ロック、行ってくれるか？〉

〈うん〉

〈よし。そなたはそこで休んでいるといい。主人が来るまで、我らが警戒しよう〉

「ありがとう。助かる」

念話で伝えてきたグレイハウンドにお礼を言い、水分をとる。もうじき王都だからと、ポーションを使い切ってしまったのは失敗だった。

危うく死ぬところだったと思うと、ゾッとする。

休憩している間に、彼らの主人が来てくれた。薬師だと言うその主人は俺の怪我を手当てしてくれた。

しかも、誰も作れないといわれているハイパーポーションを使って。

ましてや、ハイパーMPポーションまで持っているのだから、驚いた。

それを飲むと、ぎりぎりだったMPが、一気に満タンになった。

お礼を言い、お互いに名乗る。どこかで聞いた名前、そして見た顔のように感じた。

そんなことをちらっと思ったが、王都に戻る彼女に案内してもらい一緒に王都の門をくぐった。

リンが所属しているパーティーリーダーに連絡を取ってくれて、宿を紹介してもらった。途中、リンがやっている店の前を通ったときには、「自分の店だ」と教えてくれた。

リンとは連絡先を交換し、宿に落ち着く。

それから商人ギルドに顔を出して拠点となる場所を探してもらい、購入した。

アイデクセ国はドラール国よりも気候がいいみたいだし、王都の雰囲気もこの西地区しかわからないが、活気がある。俺を見ても蔑《さげす》むような差別するような視線もないし、近くには各ランクのダンジョンもあるから稼げる。

ここならばみんな喜ぶだろう――そう思い、今から仲間の元に帰るのが楽しみになった。

その前に、簡単にではあるが連絡をしておこうと思い、ギルドタグを取り出して拠点を購入したとメールをする。

その後、冒険者ギルドに顔を出した。そこでダンジョンの情報と地図を買い、どのダンジョンでアップルマンゴーなどの果物が採れるのか、情報を集める。

アップルマンゴーは初級でも中級でも採れ、さくらんぼは初級、イチゴは中級で採れることを聞いた。

「ふむ……。さくらんぼはともかく、マンゴーとイチゴは大量にほしいと言っていたから、行くなら中級かね。各ダンジョンの踏破は、みんなが来てからのほうが無難だな。他国のではあるが、初級を踏破してるから問題ないだろう」

そう思ったが念のため、いきなり中級に潜れるかギルド職員に聞いたところ、俺のランクとレベル、他国ではあるが初級ダンジョンを踏破していることから、潜るのは問題ないとのことだった。どこの国でも初級ダンジョンを踏破していないと、中級ダンジョンに潜れないからだ。

一人で潜るのは面倒だと思いつつ、ダンジョンに潜ってみることにした。入口でチェックをしてもらいながら、この国の中級はどんなところなのかと、ワクワクする。地図を見ながら一気に第三階層まで行くと、そこでアップルマンゴーを見つけたので採取する。

第四階層でジョナゴールド、第五階層でオレンジを発見したので、それも採取した。

そして第八階層でイチゴを採取し、ついでに桃とブルーベリーも大量に採取、レモンもかなりの量を採取した。

レモンが欲しいと、前世は妻で現世でも恋人が探し回っていたからだ。

それらの果物は全部、マジックバッグに見せかけた【無限収納《インベントリ》】に詰め込んである。

ダンジョンから戻ると、リンにメールをしてから宿に二泊した。

そして帰る日。

リンの店で個人で買えるだけの量のポーションを買う。まさか、ハイパー系だけじゃなく神酒《ソーマ》や万能薬まで売っているとは思わなかった。

ハイ系ならうちの国や隣国でも出回っているが、それ以上のものはなかった。さすがに神酒《ソーマ》を買うほどの手持ちがなかったのは残念だ。

まあ、それは、この国に定住してから買えばすむことだしな。

それはともかく。

「機会があったら、ドラゴンの国の話を聞かせてください」

「わかった。それより、こんなにたくさん、いいのか？」

「もちろん！　道中、食べてくださいね」

「ああ」

国に帰るというと、知り合って数回顔を合わせただけなのに、お弁当だと大量のおにぎりやパン、おかずを用意してくれたリン。ドラゴンになって飛んで帰るつもりだったから、正直に言って助かる。

人型のときより腹が減るんだよなあ、ドラゴンになって飛ぶと。燃費が悪くて困る。

「じゃあな、リン」

「はい、お気をつけて」

「おう」

春になったら、この国に移住してくることは伝えていないから驚くだろうなあ。

今から楽しみだと笑いつつ、王都の門をくぐる。そして周囲に誰もいないところまで移動してドラゴンとなり、大空へと飛び立った。

のはいいが、さすがに連日ダンジョンに潜っていたせいか、疲れを感じた。疲れを癒そうと途中寄ったフルドの町でスタンピードに巻き込まれてしまった。

踏んだり蹴ったりだと溜息をつきながらもスタンピードに参加した。そのあと休憩をしているとき、再びリンと出会った。

そのときに思い出したのだ――リンのことを。

ここで出会ったのもなにかの縁だからと、あとで話そうと提案し、実行した。

「リンは駐屯地《ちゅうとんち》という言葉を知っているか?」

つい駐屯地《ちゅうとんち》と言ってしまったのだが、その言葉に彼女が反応した。

彼女にとって、本当に懐かしかったのだろう……突然泣き出してしまった。

そして話を聞いてわかったことだが、彼女は俺たちが捜していたリンだったのだ。


こんなに遠くの国にいたら、見つかるわけがない!

今度銀髪の神に会うことができたなら、ぶん殴ってやる!


泣いているリンの背中をさすりつつ、そう心に決めた。

奇《く》しくも、俺たちが購入した拠点は、リンの店の近くだ。これならば仲間も喜ぶだろう。

その後、冒険者ギルドに移動し、防音結界を張った個室で今までのことや前世のことをたくさん話した。そして、「内緒ですよ」と言いながらもカレーの材料のメモとプリン、ゼリーのレシピをタダで譲ってくれたのだ。

なんともいい子じゃないかと、改めて思う。

もちろん、仲間だけで使う予定だし、他の人間に話すつもりはない。それは仲間にもしっかりと釘を刺しておかないとな。
「帰ったら、やつらに詳しく話すがとりあえず」
リンを宿に送り届け、ぽつりと呟く。そしてギルドタグを出すと、仲間たちにメールを打った。
《リンを見つけた。アイデクセの王都にいる。リンは店をやっていて、買った拠点はその近所だ》
それだけ書いて送ると、すぐに返事が。
《ようやく見つけたか！　リンに会うのが楽しみだ！》
《オレも会うのが楽しみ～！》
《あたしもよ！》

文面を読んで笑ってしまった。
春になったら、再びこの国に来る。そのとき、リンはどんな顔をするだろうか。
そして俺の仲間たちに会ったら、どんな表情をするんだろうか。
今から楽しみだ。

翌朝。フルドの町の門をくぐると、周囲に誰もいないところまで来てからドラゴンとなり、大空へと飛び立った。

大好評発売中！

勤め先が倒産し、職を失った優衣《ゆい》。そんなある日、神様のミスで異世界に転移し、帰れなくなってしまう。仕方がなくこの世界で生きることを決めた優衣は、神様におすすめされた職業"薬師"になることに。スキルを教えてもらい、いざ地上へ！　定住先を求めて旅を始めたけれど、神様お墨付きのスキルは想像以上で——!?

アルファポリスwebサイトにて好評連載中！

アルファポリス 漫画　検索

B6判
各定価：748円（10%税込）

新＊感＊覚ファンタジー！

レジーナブックス Regina

レジーナブックス Regina

ストレスフリーな異世界旅!

自重をやめた転生者は、異世界を楽しむ

饕餮

イラスト：雨傘ゆん

定価：1320円（10% 税込）

天使のうっかりミスで、異世界に転生してしまったアリサ。日本にはもう未練はない……と、異世界で新たな人生を歩むことにして定住先を求め、のんびり自由気ままな旅に出ることを決意。自重をせずにのびのび暮らすぞ！　と思ったものの、神様から授かった神獣・にゃんすらと多数のお詫びチートは、想像以上にとんでもなくて――

詳しくは公式サイトにてご確認ください

https://www.regina-books.com/

携帯サイトはこちらから！

新感覚ファンタジー
RB レジーナ文庫

レンタルーナ、爆誕!!

レジーナブックス Regina

パーティを追い出されましたがむしろ好都合です！ 1

八神 凪　イラスト：ネコメガネ

定価：704円（10%税込）

補助魔法が使える前衛として、パーティに属しているルーナ。ドスケベ勇者に辟易しながらも魔物退治に勤しんでいたある日、勇者を取り合う同パーティメンバーの三人娘から、一方的に契約の解除を告げられる。彼女達の嫉妬にうんざりしていたルーナは快諾。心機一転、新たな冒険に繰り出して……

詳しくは公式サイトにてご確認ください

https://www.regina-books.com/

携帯サイトはこちらから！

新感覚ファンタジー
RB レジーナ文庫

ほんわかお仕事ファンタジー！

リエラの素材回収所 1

霧聖羅　イラスト：こよいみつき

定価：704円（10%税込）

リエラ12歳。孤児院出身。学校での適性診断の結果は……錬金術師？　なんだかすごそうなお仕事に適性があるみたい！　そんなこんなで弟子入りすることになったのは、迷宮都市グラムナードにある錬金術工房。そこではとっても素敵な人達が、リエラを本当の家族みたいに迎えてくれて——!?

詳しくは公式サイトにてご確認ください

https://www.regina-books.com/

携帯サイトはこちらから！

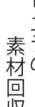

新感覚ファンタジー

RB レジーナ文庫

最強ざまぁが吹き荒れる!

レジーナブックス Regina

悪役令嬢は優雅に微笑む

音無砂月　イラスト：八美☆わん

定価：704円（10%税込）

強大な魔力のせいで、冷遇されてきたセシル。ある日彼女は、自分が乙女ゲームの悪役令嬢であることを思い出す。このままではシナリオ通り処刑されてしまうと、周囲との関係改善に乗り出したのだけど……。両親や姉はセシルが大嫌いで、婚約者はあらぬ罪を着せてくる。開き直ったセシルは——!?

詳しくは公式サイトにてご確認ください

https://www.regina-books.com/

携帯サイトはこちらから!

新感覚ファンタジー
RB レジーナ文庫

元悪徳女帝の超爽快ファンタジー！

レジーナブックス Regina

転生ババアは見過ごせない！ 1

ナカノムラアヤスケ　イラスト：タカ氏

定価：704円（10%税込）

恐怖政治により国を治めていたラウラリス。人々から恐れられた彼女の人生は齢八十を超えたところで幕を閉じた。——はずだったのだが、三百年後、見た目は少女・中身はババァで大復活⁉　自らの死をもって世界に平和をもたらしたことで、神様がなんと人生やり直しのチャンスをくれたらしく⁉

詳しくは公式サイトにてご確認ください

https://www.regina-books.com/

携帯サイトはこちらから！

新感覚ファンタジー

RB レジーナ文庫

悠々自適異世界ライフ、開幕!!

夜船 紡　イラスト：みつなり都

定価：704円（10%税込）

レジーナブックス Regina

とある小さな村のチートな鍛冶屋さん 1〜3

ひょんなことから異世界に転生したメリア。忙しい生活は、もうこりごり。今世はのんびり暮らしたい。彼女のそんな願いを叶えるべく、なんと神様がいろいろなものを与えてくれた……中でも一番嬉しいのは、前世でずっと憧れていた鍛冶スキル！　最高すぎる。神様ありがとう。びば、異世界ライフ！

詳しくは公式サイトにてご確認ください

https://www.regina-books.com/

携帯サイトはこちらから！

新感覚ファンタジー

レジーナ文庫

母娘ともども破滅決定!?

レジーナブックス Regina

悪役令嬢のおかあさま

ミズメ　イラスト：krage

定価：704円（10%税込）

三歳の時に前世を思い出したヴァイオレットは十歳になったある日、自分は悪役令嬢の母親になるキャラクターだと気づいてしまった！　娘はヒロインをいじめ、最後には追放される。——娘が立派な悪役令嬢に育った元凶、わたしじゃん！そう考えた彼女は、悲惨な未来を回避すべく奔走し始めて？

詳しくは公式サイトにてご確認ください

https://www.regina-books.com/

携帯サイトはこちらから！

新感覚ファンタジー

RB レジーナ文庫

元王女、庶民目指して奔走中!?

レジーナブックス Regina

その日の空は蒼かった

龍槍 椀　イラスト：フルーツパンチ。

定価：704円（10%税込）

恋に溺れ、破滅の道を辿った王女エスカリーナ。処刑されたはずだったが、気が付けば幼少期の自分となっていた。再び同じ人生を生きるなら、もう恋なんてしない。そう決意した彼女は、貴族をやめて庶民を目指すことにしたけれど、生まれ持った有り余る魔力のせいで、そう簡単に事は運ばず……

詳しくは公式サイトにてご確認ください

https://www.regina-books.com/

携帯サイトはこちらから！

新感覚ファンタジー
RB レジーナ文庫

華麗なる大逆転劇、魅せますわっ!!

レジーナブックス Regina

残り一日で破滅フラグ全部へし折ります 1

福留しゅん　イラスト：天城 望

定価：704円（10%税込）

アレクサンドラは、明日のパーティーで婚約者の王太子に断罪されることを突然、思い出した。このままでは身の破滅！だけど素直に断罪されるなんて、まっぴらごめん！　むしろ、自分を蔑《ないがし》ろにした人達へ目に物見せてやる！　そう考えた彼女は残り二十四時間で、この状況を打開しようと動き始め⁉

詳しくは公式サイトにてご確認ください
https://www.regina-books.com/

携帯サイトはこちらから！

本書は、2020年4月当社より単行本として刊行されたものに書き下ろしを加えて文庫化したものです。


この作品に対する皆様のご意見・ご感想をお待ちしております。

おハガキ・お手紙は以下の宛先にお送りください。

【宛先】

〒150-6008 東京都渋谷区恵比寿4-20-3 恵比寿ガーデンプレイスタワー 8F
（株）アルファポリス　書籍感想係

メールフォームでのご意見・ご感想は右のＱＲコードから、
あるいは以下のワードで検索をかけてください。

アルファポリス　書籍の感想　検索

ご感想はこちらから

レジーナ文庫

転移先《てんいさき》は薬師《くすし》が少《すく》ない世界《せかい》でした3

饕餮《とうてつ》

2022年8月20日初版発行

文庫編集－斧木悠子・森順子
編集長－倉持真理
発行者－梶本雄介
発行所－株式会社アルファポリス
〒150-6008 東京都渋谷区恵比寿4-20-3 恵比寿ガーデンプレイスタワー8階
TEL 03-6277-1601（営業）　03-6277-1602（編集）
URL https://www.alphapolis.co.jp/
発売元－株式会社星雲社（共同出版社・流通責任出版社）
〒112-0005 東京都文京区水道1-3-30
TEL 03-3868-3275
装丁・本文イラスト－藻
装丁デザイン－AFTERGLOW
（レーベルフォーマットデザイン－ansyyqdesign）
印刷－中央精版印刷株式会社

価格はカバーに表示されてあります。
落丁乱丁の場合はアルファポリスまでご連絡ください。
送料は小社負担でお取り替えします。
©Toutetsu 2022.Printed in Japan
ISBN978-4-434-30734-8 C0193